長編新伝奇小説
書下ろし

上遠野《かどの》浩平《こうへい》

ソウルドロップの幽体研究《ゆうたいけんきゅう》

NON NOVEL

祥伝社

CONTENTS

Illustration／斎藤 岬
Cover Design／かとうみつひこ

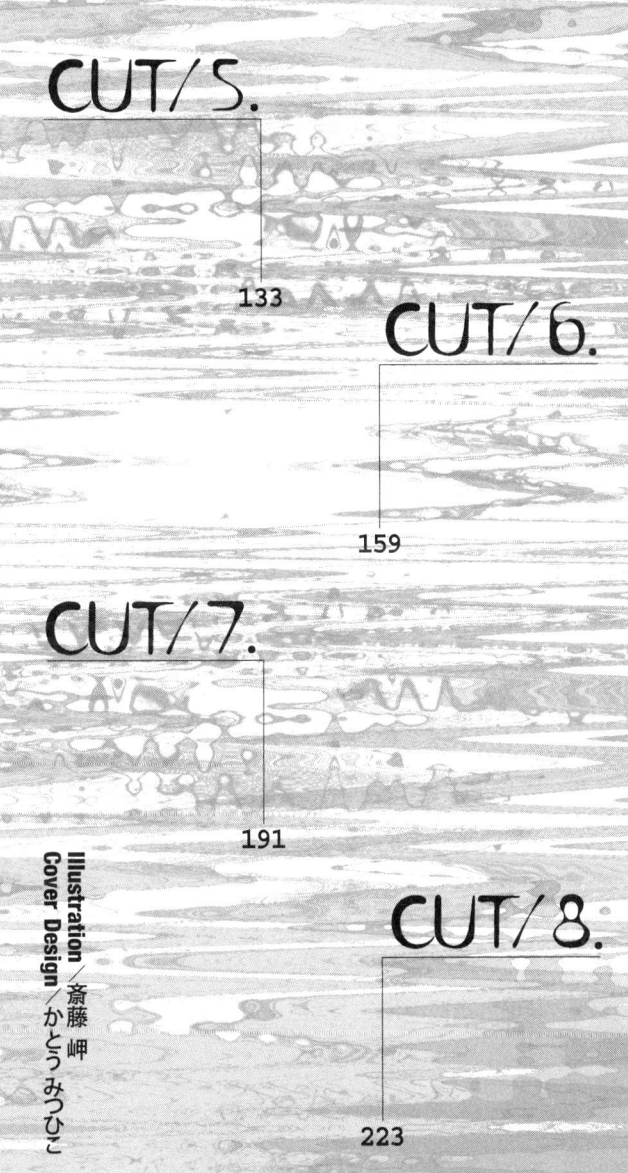

「人が思い煩《わずら》う様々な出来事、身に降りかかる雑多な障碍《しょうがい》、安心の無さ——それはそれぞれの事柄に問題があるのではない。他人や世界にあるのでもない。それは、魂魄《たましい》の問題である」

——霧間誠一〈明日のない未来〉

ツイていなかった。

　要するにそういうことだ。ピザの宅配サービスのバイトで、警察の検問に引っかかって、間の悪いことにそのときの配送先がその店でも一、二を争う得意先で、彼が遅れたのを店に一足速く抗議し、彼はその家に着く前に、店からの電話で馘首《くび》を告げられた。

「だからあれほど気を付けろと言ったじゃないか。もういい、もうおまえは仕事をしなくていい。その代金はおまえのバイト代から引く。バイクを返したら、とっとと失《う》せろ」

　一方的に言いつのられて、彼は仕方なく店に戻り、忙しく動き回り、彼を無言で無視する店の者たちの横でロッカーを片付けて、そして五人分のピザとフライドチキンとサラダの詰め合わせを入れた袋をぶら下げて、夜の街に出た。

　冷たい風が身に染みる。

「……ったく、なんでこうなんだろうな――」

　相良則夫《さがらのりお》がバイトを馘首になるのは、今年に入ってもう三回目である。

　今回はかなりうまく行っていたのだが、しかしよりによって、どういう訳か今日に限っていつもならばガラガラのはずの道が異常に混んでいて、裏通りを抜けようとしたらいきなり警察に捕まって職務質問責めにあったのだ。

　どう見たってこっちはただのピザ屋にしか見えないのに、警察官はまるで彼がとんでもない犯罪者であるかのような態度で何度も何度も身分証を見せろだの連絡先はどこだとかそのバイクは盗んだのではないかとか、異様に殺気立っていた。

　何か事件でもあったのか、と訊《き》いても何も答えないし、もしかするとあの渋滞の原因もそれなのかと考えたが、しかしそれらしい様子は周囲にも全然なかったし――とにかく、彼は配達に遅れ、その気短な客は店長を怒鳴りつけ、彼はまたしても仕事を失ったのだった。

「なんで俺は、いっつもこうなんだろうなあ……」

ぶつぶつと呟く。久美子《くみこ》の呆れたように怒る顔が眼に浮かぶ。彼女に言わせると、彼には辛抱《しんぼう》が足りないのだと言うが、しかし今回のような場合だと、何をどう辛抱すれば事態を打開できたのか、さっぱり見当もつかない。

「くそっ……」

彼はすっかり冷めてしまったピザをぶら下げながら、うつむきがちに通りを歩いていった。

そんなとき――則夫はその男を初めて見たのだった。

赤信号が前を遮《さえぎ》ったので、彼は足を停めた。するとその横に、同じように立ち停まった男がやけにきらきらした感じだったので、思わず横目で見ると、肩まで届く長髪が、見事な銀色に染まっていた。目鼻立ちもくっきりとした、背の高い男だった。

（なんだ――役者か、モデルか……？）

顔は知らなかったが、そういう華《はな》のある雰囲気が漂《ただよ》っていた。有名人だとしてもおかしくない。

だが、そんな目立つ男であるにも関わらず、周囲の誰もそいつのことを特に注目もせずに、普通に無視している。というより、むしろ馬鹿でかいピザ屋の業務用の包みをぶら下げた則夫のことをちらちら見ているヤツがいるのに、そいつのことは……誰も見ない。

男が、彼の視線に気づいたようで、ぷっ、と眼をこちらに向けた。

どこかで会ったかな、みたいな顔をして、中途半端に頭を下げてきたので、則夫は慌《あわ》てた。ただ勝手にじろじろ見ていただけだったのだ。

信号が青になったので、彼は早足で横断歩道に飛び出して、逃げるようにしてその場から離れた。

「………」

　そいつは、足早に去っていく相良則夫の後ろ姿を無言で見つめていた。

　するとそいつの横から、身なりのいい婦人が、

「もしもし、大丈夫ですか？　宜《よろ》しければ、手を貸しましょうか？」

　と優しい口調で声を掛けてきた。

　そいつは首を振って、

「いいえ、結構です」

　と言った。すると婦人は、

「そうですか？　足元とか、気を付けてくださいね」

　と、噛んで含めるような言い方をした。まるで相手が子供か、あるいは自分よりも遥《はる》かに年上のお婆さんでもあるかのような、そんな言い方だった。

「ええ――」

　そいつは曖昧《あいまい》にうなずいた。

　そしてやはり、そんな会話が行われていても、誰も彼らの方になどまるで注意を向けない。

　そいつはしっかりとした足取りで、横断歩道を渡り始めた。

　則夫は、最初はタクシーで帰ろうかと思った。しかしタクシー乗り場には、そんなに混む時間でもないのに長蛇《ちょうだ》の列が並んでいた。車が全然来ないようだ。

「何やってんだよ……」

　急いでいるらしい客が苛立《いらだ》って、足踏みをしたりしている。

（なんだ……ここでもか？）

　どうして今日は、車関係がこんなに混み合うのだろうか。

（どこかで事故でもあったのかな――検問でもしてるとか）

　しかしそういう話も伝わってこないようで、だからみんなこんなにイラついているのだ。

しょうがないので、則夫はタクシーは諦《あきら》めて、電車で帰ることにした。それに久美子からもいつも、余計な出費は避けるようにと言われ続けているのだ。ましてや今は、バイトをまた馘首になったばかりだし――。

駅への近道は、ビルとビルとの間の路地裏を抜けるのが早い。だが――街並みの雑踏からほんのわずか外れただけなのに、そこは急に静かな空間だ。

二ヶ月前までは街灯が点《つ》いていたが、そのうちに蛍光灯《けいこうとう》が点滅するようになり、今ではほとんど点いていないも同然なのだが、しかし換えに来る者はいない。

その暗い道の真ん中に、どういう訳か自動販売機が置かれている。その照明の方が街灯よりも明るいくらいだ。誰が使っているのか、といつも思っていたが――今晩は利用客がいた。

一人の少女が、その前にしゃがみ込んで、下を覗き込むようにしているのだった。よくある光景である。

その彼女の腰のポケットに携帯電話が差し込まれていて、そのストラップにパンダのアクセサリーが揺れている。

(お釣りの小銭を落として、機械の下に転がったんだな)

彼も同じことをしたのは一度や二度ではなかった。

「あ、あの――」

少女が彼に気づいて、助けを求めるように視線を向けてきた。

彼はちょっと迷ったが、しかし自分も腰を屈《かが》めて、

「落としたのは十円玉ですか、それとも――」

と訊きながら下を覗き込もうとしたそのとき、ふいに、

――がつっ、

という衝撃が後頭部に走って、そして気づいたら

地面に倒れ込んでいた。

（……え？）

訳がわからないが、くすくすという少女の笑い声が聞こえて、それから少年らしき、

「ったく、しょうがねえ奴だなあ！」

という人を馬鹿にしきった声が聞こえてきた。

「ミニスカートに釣られて、ほいほいと姿勢を低くするから悪いんだよ。殴ってくれって言ってるようなもんじゃねえか」

「ほんと、ヤラしい眼であたしの太股の辺りをじろじろ見てさあ、馬鹿じゃないの」

少女の嘲笑も続く。

何がなんだかわからないが——しかし身体が痺《しび》れてうまく動けないところを、無遠慮にポケットに手を突っ込まれたので、やっと、

（お、襲われたのか……？）

と気づいた。

突然、我が身に降りかかったこの災難に、則夫はどう反応していいのかわからず、愕然《がくぜん》としていた。

頭を強く打った——というのは、これはもしかすると生命の危険があるのではないか。遠慮なしに、力任《まか》せに棒のようなもので殴られたようだが——こっちが死ぬかも、ということをまるで考えていないのだろうか？

「ねえ、こいつも死ぬのかな」

少女の声が響いた。

「ああ、どうせ転んで頭を打ったってことになるだろうぜ」

「それもそっか」

げらげらという笑い声が聞こえた。

則夫には何がなんだかわからない。どうして自分に、こんなことが起こりうるのか理解できない。

どういうことなのか——怖いとか嫌だとかいう以前に、事態を把握できないのである。

（な、なんで——）

ポケットから財布を抜き取られ、そして足音が去

っていった。彼は立ち上がることができず、その場に倒れ込んだままだ。

それからどれくらいの時間が経《た》ったのか、自分ではもう時間の感覚がなくなっていた。

身体が冷えていくような、うすら寒い感覚が全身に下りてきて、それでも彼は茫然《ぼうぜん》としたままだった。

そんなときだった――天空から声が降ってきた。

〝君は――自分を理解できているか？〟

それは穏《おだ》やかで落ち着いた、男の声だった。

（え――）

〝自分が何者で、何のために生きて、何をしようとしているつもりなのか、それを考えてみたことがあるかな〟

（――なんだ、これは――天使か？）

彼は薄れゆく意識の中で、その声の問いについて考えてみようとした。

だが――その答えはなかった。

自分がなんなのか、まったく理解できていないと思った。

その返事をしようとしたが、しかし彼の喉は動かず、声も出ない――

「……あ」

そんなうめき声だけが、かろうじて漏れた……と思ったそのとき、急に全身にぞくぞくっ、という激しい、それ故《ゆえ》に確かな寒気という感覚が、彼の中で目覚めた。

「う、ううっ――！」

ぱっ、とそれまでの痺れが嘘のように、彼は跳ね起きた。

するとそこに、

「大丈夫かい？」

という優しい男の声が響いた。

顔を上げると、彼はあっ、と叫びそうになった。

さっきの、あの銀髪の男がそこにいたのだ。

「こんな所で倒れていて――どうしたんだい？」

男は心配そうに訊いてきた。

「い、いや――それは」

「そこの通りにこの財布が落ちていたが――君の物じゃないのか。免許証と顔が同じだ」

と言って男が差し出してきたのは、間違いなく、たった今盗まれたばかりの財布であった。

「え？　……ええ？　落ちて……た？」

そんな馬鹿な。確かに今、二人組に――奴らは盗んでいった癖に、即その場で落としていったとでも言うのだろうか？

受け取って、中身を改めるが、金も減っていなかった。

「――ど、どうなってんだ……？」

彼はますます訳がわからない。

「とにかく、こんな所で寝ていてもしょうがないだろう。落ち着けるところに行った方がいいんじゃないか」

銀髪の男がそう言ったので、則夫もつい、

「あ、ああ――」

とうなずいた。それに――もし財布を落としたことに気づいたら、あの二人組はまた戻ってくるかも知れない。

警察に――いや、彼ははっきりと相手の顔を見ていた訳でもないし、下手《へた》に通報とかすれば逆恨《さかうら》みされるかも知れない。相手は少年だから、たとえ捕まってもすぐに出てきてしまうだろうし――。

「そ、そうだな――とにかくここから離れよう」

則夫はよろけつつ、なんとか立ち上がった。

……そこから、さほど離れていない場所の公園の一角で、二人の人間が座り込んでいる。

若い男女である。地面に直接、腰を落として、身を寄せあうようにしてうずくまっている。

ん、と通りかかった者がこの二人に目を留めた。

「お、宮部《みやべ》じゃねーか。何してんだ、こんなトコで」

座り込んでいる者と同世代のその男は、馴染《なじ》んだ感じで声を掛けた。

「なあ、こないだのクスリ、新しいヤツとか手に入んねーかな。割と高く売れそうな先を見つけたんだよ――って、おい？」

話しかけても一向に返事がないので、座り込んでいる少年の肩を、そいつはやや乱暴に小突いた。

すると――ぐらり、と少年の身体が揺らぎ、そしてそれと支え合うような形になっていた少女の身体も、ぐらっ、と揺れて、そしてそのまま二人は地面に倒れた。

「な、なんだ――お、おい……？」

見たところ、二人とも何も異状はなかった。服が破れているとか、髪が乱れているとか、争ったような跡《あと》とか、怪我《けが》をしている様子とか、そういうものは皆無だった。

しかし……ぴくりとも動かない。

他のすべてのものは揃《そろ》っているのに、そこには二つのものだけがなくなっていた。

彼ら二人の生命だけが。

「し……死んでる？　死んでるのか、これって……？」

少し離れたところにいた通行人たちも、この異変に気がつき、周辺はやや騒然とした空気になっていった。


……そんなこととはまったく無縁に、相良則夫は銀髪の男と一緒に駅にいた。

ホームのベンチに腰を下ろして、則夫は深いためいきをついた。

「……なんだか訳がわからないよ。ツイていないっていうのか、なんだか――」

彼がへこたれていると、銀髪の男は則夫に向かって小さな包みを差し出してきた。綺麗《きれい》な包装のされたキャンディドロップだ。

「糖分が足りないようだね。だから気力が湧いてこないんだ」

「あ、ああ――どうも」

則夫は素直にその包みを受け取った。確かに、何か甘いものでも口に入れたい気分だった。

とろりとしたオレンジ味が口に広がった。考えてみればキャンディなど舐《な》めるのは数年ぶりだった。

「……ありがとう。なんか落ち着いたよ」

「そいつは何よりだ」

「俺は相良。あんたは？」

「私か？　そうだな……」

銀髪の男は、則夫が手にしているキャンディの包み紙に目を落としながら、少しうなずいて、

「……飴屋《あめや》、とでも呼ぶといい」

と名乗ったのかなんだかよくわからない、曖昧なモノの言い方をした。

「はあ、アメヤさんか」

則夫は口の中のキャンディを転がしながら、どういう字を書くのかな、と思ったが、別に訊いたりはしなかった。

「相良くん、ツイていないとか言っていたが……何があったのかな。あんなところで倒れていたりして」

「いや、それが――」

則夫は事の成り行きを説明した。車が妙に混んでて、警官に職務質問されたせいで仕事を失ったことや、タクシーにも乗れなかったこととか――襲われたことには、曖昧にしか触れなかったが。

「何があったんだろうなあ。なあ、別に俺は悪くないよな？」

うつむいた則夫は相手を窺《うかが》うようにちらと見上げた。

その銀髪も背格好もやはり――すごく目立つ。それなのに。周囲の他の駅利用者たちはまったくこの飴屋の方を見ない。殊更《ことさら》に目を向けまいとしている訳でもなく――とにかく眼中に入らない、とでも言うかのようだった。

「なるほど――」

飴屋はうなずいた。

「そいつは災難だったな。思うに、君はきっと大変な出来事のとばっちりを受けたんだろうな」

「大変な出来事？」

「そう、警察が総動員されているのに、そのことについては絶対に秘密で、かつ未解決であるというような――そういう事態に、だ」

「なんだそれ？　そんなものがあるのか？　だったらニュースとか……」

「だから秘密なのさ。真に重要なことは、決して公表されないものだからね。これは警察に限らないが、力を持っている者にとって最も肝心《かんじん》なことはなんだと思うね？」

「え？　……役目を果たすこと、とかじゃないのか」

「それは警察であれば市民生活を守るために、ということかな……だが違う。残念ながらそうではない。彼らが必死で守るものは、己《おのれ》の面子《メンツ》だ。面子なしでは、自分たちの力をどうやって正当化していいのかわからないからな……力に、自らが振り回されている」

「……面子、ねえ」

「その面子が丸潰《まるつぶ》れになりそうだから、混乱して、こっそりと大騒ぎになっているのさ」

「なんだそれ」

「そうだな……たとえば、君が警察に抱く印象の中で、みっともないと感じるのはどんな状況だろうね」

「え？　いや……そんなこと言われてもな。それこそルパン三世とか、怪人二十面相なんかで、まんまと逃げられたとことか――」

「それだ」

「は？」

「今もそうなのさ――どこぞの怪盗が、謎の秘宝を盗み出して、全然捕まえられる様子がない――だからさ。そのせいで君は仕事を馘首になり、タクシーも拾えず、トラブルにも巻き込まれてしまったんだ。悪いのは全部、その怪盗なんだ」

「秘宝？　なんだそりゃ？」

あまりにも馬鹿馬鹿しいので、則夫は笑ってしまった。

飴屋も、にこにこと微笑《ほほえ》んでいる。

「世の中というのはそんなものだ――自分とはまったく関係ない出来事に左右されて、いつのまにか取り返しのつかないことになっている。それをいちいち気にしてもしょうがない――何が生命《いのち》と同じだけの価値がある宝なのか、誰も知らないままにそれをぞんざいに扱っているのが、人生だ」

「ふーん」

よくわからないので生返事をしたそのとき、則夫の眼に、ちら、と飴屋の胸元のポケットの中身が見えた。飴屋は膝の上で手を組んでいてやや前屈みになっていて、則夫がかるく伸びをしたからだった。

奥の方に、小さな白と黒をしたものが見えた。

それを、則夫はどこかで見たことがある、と思った。その小さな小さなパンダのアクセサリーは、ストラップとしてあのさっき彼を襲ったカップルの、女の方の腰にぶら下がっていたものではなかっただろうか……。

（なんで、それをこの人が持っているんだ？）

盗んだのか、という言葉が何故《なぜ》かふっ、と頭をよぎる。だが、そんな馬鹿な。携帯電話ごとならまだしも、どうしてそれに付いている小さなストラップだけを盗む必要があるのだ？

目的がまったくわからないではないか。そんな馬鹿な話はない。

彼が少しぼーっとしていると、飴屋が心配そうに、

「大丈夫かい？　まだふらふらしているみたいだが」

と訊いてきた。身体を上げたので、もうアクセサ

リーは見えなくなった。

「やはり警察に通報した方がいいんじゃないのか」

と、もし強盗とぐるであったら言うはずのないことを勧《すす》めてきた。さっきもそう言っていた。

「い、いやホントになんでもないんで」

則夫は慌てて首を振った。そして話を変えるために、

「それで——アメヤさん、あんたは何をしてる人なんだい？」

と、どうでもいいような質問をした。これに飴屋は、

「しがない物書きさ」

と、即答に近い言い方をした。

「作家？　ルポライター、とか……」

「まあ、そんなところだ——紙切れにものを書くのが、仕事といえば仕事だ」

「へえ、紙？　最近はパソコンとかで書くんじゃないのか？」

「私はオールドスタイルなのさ」

薄い笑いを浮かべながら、彼は言った。

「じゃあ、ここには取材に来たってわけかい」

つい訊いてから、しかし則夫はあれ、と自分でも思った。

どうして、俺はこの人が余所者《よそもの》だと思ったのだろう。いや思ったというよりも——それを前もって知っていたかのようだった。

どこにも属していない、さまよう異邦の旅人。そういう存在なのだと——なぜか感じ取っていたのだ。

これに、飴屋の方も当然のようにうなずき、

「ああ——ちょっとした調べものがあってね。ああ、そうだ——君はこの二人の人物を見かけたことはないかな。ちょっとわかりにくいので、申し訳ないんだが」

と言って、ポケットから二枚の写真を出してきた。

そこに写っているのは、少し不気味な光景であった。

一枚ずつ、人物の肩から上を正面から写したところである。白いシーツの敷かれたベッドに横たわっているのを、上から撮ったらしい。

だがそのうちの一人は、両眼の上に包帯が巻かれていて、そしてもう一人は——顔色が異様に悪い。いや、具合が悪いとかそういう次元じゃなくて、このただならぬ蒼白さと、茫洋《ぼうよう》と表情の欠落した、その顔は——もう……死んでいるみたいだった。

「……これは？」

則夫がおそるおそる訊くと、飴屋はまず眼を覆《おお》われた人を指して、

「そっちが伊佐俊一《いさしゅんいち》氏で」

そして凍りついたような、デスマスクめいた顔の方を示して、

「そっちが千条雅人《せんじょうまさと》という人だ。ああ、二人とも今は元気でいるそうだよ。眼も見えるようになっているらしい」

と、さらりとした口調で言った。それでは則夫の受けた感じは錯覚ということになる。少しほっとした。

「へえ……そうなんだ。この二人について本でも書くのかい」

「彼らは直接には素材にしないよ。ただ——興味があるだけだ」

飴屋はふっ、とどこか遠くの方に眼をやるような視線を宙空に向けた。

それは港の方——海へと続く方角だった。

Spectral Speculation of Soul-Drop

ソウルドロップの幽体研究

CUT/1.
Masato Senjyo

落ちていく、落ちていく――
あなたの優しさに、あなたの寂しさに

――みなもと雫〈ドロップ・オフ〉

1

その日の午後——一人の男が死んだ。

場所は高級ホテルの最上階スイートルームで、その周囲では彼を守るために、密《ひそ》かに厳重な警備が敷かれていたが、そのただ中で死んだ。

男の死因は心臓麻痺であり、それだけを取り出してみれば特に事件性を見出すことはできないものであったが、ひとつの物が事態を複雑にした。

男が死ぬ、その三日前に——誰も入っていなかったはずの男の居室に、一枚の紙切れが落ちていて、それにはこんなことが書き込まれていたからだ——

〝三日後に、この部屋の住人の、生命と同等の価値のある物を盗む〟

——それだけで、出した者の名前も何もなかった。これに似たものならば、悪戯《いたずら》好きな子供のいる家では何枚も書かれているだろう。その程度の乱雑なものだった。だが出された相手があまりにも大きな存在だった。

その部屋に数年に亘《わた》って宿泊し続けていた男の名は東澱久既雄《ひがしおりくきお》といった。

その名前を知る者はほとんどいない。だがこの老人の影響下にいない人間は、この国では極めて少数派に属する。誰もが、彼が株を持っている会社の商品を買い、彼の下で管理される土地に住み、彼が決めさせた法律に従って、税金を払っている。

彼の資産は膨大なものであるが、しかし高度に分散されているため、無関係の者が調べようとしてもとても追いきれない。彼の援助を受けている議員の中にすら、彼の名前さえ知らぬ者は多い。

尻尾を掴ませない——それがこの男のポリシーであり、それ故にその権力は強固なものになっている。彼のことを知る者は、決して彼には逆らおうとは思わない。

そういう男のところに、その〝予告状〟は届いたのである。

当然のことながら、警察にも手が回され、厳重なる警備態勢が極秘のうちに敷かれた。

だが――そのただ中で、その居室にいた男は死んだ。その直後は周辺は大変な騒ぎになり、警察は殺気立って特に意味もない検問を敷いたり、近くの通行人に対する職務質問を無闇《むやみ》に強行したりした。

だがそれらは何の成果も上げられず、そしてなし崩しに騒動は終わった。

その最大の理由は解決の糸口がまったく摑めなかったからでもあるが、それよりも――

「死んだ男は、東澱久既雄ではなかった。その影武者だった――ということですか」

そこは事件が起きたホテルからそれほど遠くない港に停泊している船の中だった。その高級船舶の船籍は海外のもので、特別な外交的配慮で、船内の出来事は治外法権に近い扱いになっている。ただし、それを利用しているのは船主ではなく、その支配者――東澱久既雄だった。

その本人は、船室の中央に置かれた椅子に腰を下ろしている。その周囲には彼の部下たちが取り囲むようにして立っている。

その前に、二人の男が立っていた。若い男たちだった。東澱とその取り巻きからすれば、取るに足らぬ若造ども――というような表現で片づくような感じだったが、男たちの態度がその社会的通例から完全に逸脱していた。

「正直、あまり感心しませんね――自分の責任で引き受けるべき危険を他人に押しつけて、平然としているのは」

男の一人、伊佐俊一がまったく物怖《ものお》じしない口調で言い放った。

彼は薄い色のついた紫外線を遮断するサングラス

を掛けている。とある事件に遭って以来、視神経が弱っていて直射日光に耐えられないのだ。しかしそれ以外は引き締まって鍛えられた体つきをしている。元警察官という素性《すじょう》は、大抵の人が納得するところだろう。

「…………」

横に立っているその相棒、千条雅人の方は特に意見があるという風でもなく、といってパートナーの言葉に反対するということもなく、飄々《ひょうひょう》というか、超然とした顔つきで、ただ突っ立っていた。

こっちはちょっと鼻筋が通っているかな、というぐらいで、これと言った特徴や個性がない。強《し》いて言うならひょろりと背が高いくらいだ。怪しい感じもしないが、しかし親しみも湧かない。どんな人生を送ってきたものか、ちょっと見当がつかない。

ふたりはサーカム保険会社の調査員《オプ》だった。

東澱久既雄に掛けられた莫大《ばくだい》な生命保険――その大半は節税や裏金のマネーロンダリングのためのものだったが――その支払いの是非を調べるために、本社から派遣されてきたのである。

「君がそれを言うのかね、伊佐君」

東澱の横に立っている男の一人が口を開いた。その制服姿からして、男が警察関係者であることは容易に知れた。それもかなりの高官だ。

「かつては、君も上に立つ者のために生命を投げ出した経験を持っているじゃないか」

「昔の話です――それに、あのとき俺は何も知らなかった。今回の、ほとんどの警官たちと同じようにね」

伊佐は吐き捨てるように言った。

「それで警察を辞めたのか――短気なことだな」

「――――」

伊佐はもう反応しなかった。

その横の千条雅人が、頃合いと見たか、それとも単に会話が途切れたからか、唐突に口を開いた。

「いずれにせよ、今回の状況は明らかに特別条項に特記された例外事項に相当します。現場に残されていた物件からしても、これが——」

千条は、彼らと東澱たちとの間に置かれている分厚いマホガニーのテーブルの上に置かれた、ビニール袋に包まれた一枚の紙片、例の予告状を見ながら言った。

「——〝ペイパーカット〟に属するものであることは、疑問の余地がない」

「それがその、ふざけた怪盗野郎の名前ということか？　〝紙切れ《ペイパーカット》〟？　なんだその芸のない呼び名は」

「これは便宜上の名称です。他に現場に呼称すべきなんの痕跡も残っていないので。我々はそれのことをそう呼んでいます」

千条が淡々とした口調で説明すると、その横の伊佐が、

「今の言い方は正しくないな」

と、やや強い声で言った。

「なに？」

「ペイパーカットだ——ヤツは怪盗じゃない。泥棒とは呼べない。ヤツはむしろ——殺し屋だ」

彼もまた、机の上の紙片に目を落とした。だがそのサングラス越しの視線には相棒の無感動さとは異なり、鋭い敵意が滲《にじ》んでいる。

「殺人鬼だ——必ず、その出現には人死にが絡んでいる。……今回も、例外ではない」

伊佐はため息をついた。

「秋葉晋平《あきばしんぺい》さんが亡くなられているのは、決して偶然ではない——ヤツの仕業《しわざ》だ」

東澱久既雄の代わりに、高級ホテルに彼の名で宿泊し続けていた男の名前が、初めて出てきた。それまでは彼のことなど、その場では大した問題として扱われていなかったのだ。

「あれは心臓麻痺だろう。薬物も検出されなかったというじゃないか」

「慣れない警備が張り付いていたんで、緊張しすぎ

たんじゃないのか？」

　軽蔑の響きが、その場に漂った。これを伊佐の、「彼は殺されたのだ——ペイパーカットに、キャビネッセンスを奪われて」

　という力のこもった声が掻《か》き消した。

「……なんだって？　キャビ……？　なんだそれは」

「便宜上の呼び名です」

　千条が再び淡々とした言い方をした。

「また便宜上か。ずいぶんといい加減なものだな？」

「ペイパーカットに関しては、明確になっていることは何一つありません」

　千条の声には相変わらず感情がない。

「すべては現象面での統計データからの推測の域を出ないのです」

「ちょっと待て」

　東澱の取り巻きの一人が口を挟んできた。

「そのキャビなんたらを奪われて、とかなんとか言ったが……しかし実際問題として、ペイパーカットとやらはホテルに姿を見せもしなかったんだぞ。殺すも、盗みに来るも何もあるまい」

「いや——ヤツは来ている」

　伊佐が苦虫《にがむし》を噛み潰《つぶ》したような顔で言った。

「あんたらが〝来ていない〟と自信満々で言えることと自体が、ヤツがのうのうと来ていた証明なんだ」

「馬鹿馬鹿しい。何を言っているんだ？　これだから保険調査員という人種は、保険金の支払いを誤魔化すために色々と詭弁《きべん》を——」

　呆れたように言われても、千条は淡々とした口調を崩さず、

「秋葉氏が死亡した時刻の、その三分前のホテル入り口に誰が通ったのか——その聞き込みは既に済ませてあります。ある者は、

〝警官しか上には行かなかった〟

　と言い、ある者は、

〝東澱様のお付きの方しかエレベーターにはお乗りになりませんでした〟

と言い、ある者は、

〝身なりのいいお婆さんが通ったけど〟

と言い、ある者は、

〝いや、別に――誰も通らなかったような〟

と答えました。他にも全部で、二十七通りの解答が得られましたが、ひとつとして一致しているものがありませんでした」

すらすらと言った。誰かの言葉の引用のところは、その相手が話した会話をそのまま演じているようだった。真摯《しんし》なのか、それともふざけているのか定かでない。

「ここからはひとつの結論しかありません。それがペイパーカットの出現を暗示しているのです」

「あ？　何を言っているんだ？　要は怪しい奴は通らなかったということじゃないのか」

「これらの証言は、すべて――まったく同時に、まったく同一の場所についての証言です。ホテルの時計が時報の鐘を鳴らしたその時のことについて述べてもらいました。まったく同じ状況のはずなのに、証言は全員が食い違っているのです」

あっさりと言われるので、周囲の者たちは彼の言わんとしていることが今一つ理解できず、目をぱちぱちとさせている。そこに伊佐が、

「つまり――見る者によって、そいつの姿が全然違う人物に見えていた、ということだ。あげくに他の者には見えていた人物の姿が、まるっきり見えなかった者までいる――」

と、苛立ちを隠そうともせずに言った。

「…………」

「…………」

「…………」

沈黙が落ちた。戸惑いというよりも、どう反応していいのかわからない、という無言であった。

「……ば、馬鹿馬鹿しい。何を言ってるんだ貴様ら

は？」

　やっと、という感じで一人が口を開いた。しかし保険調査員たちはまるで対応せず、自分たちの話を再開した。

「そこには合理的な説明などありません。そういう現象があった、という事実しかありません。……だからこそ、これはペイパーカットなのです。私たちが追いかけている対象です」

「それで、盗まれた物だが――」

　伊佐が警察高官の方をちら、と見た。見られた方はどきりとした顔になったが、彼はそれに構わず、

「そちらに見せてもらった現場資料によると、ある物が紛失しているのがわかった」

　と断定した。これに高官は顔色を変えた。

「そ、そんなはずはない！　あの部屋には国宝級の壺も、刀剣も、絵画もあったが、何もなくなってなどいない！」

「そ、そうだ。私も部屋に入ったが、秋葉の奴が死んだ前も後も、何も変化はなかったぞ」

　皆がそうだそうだと高官に一斉に賛同する。

　これに千条が、まったく動じる様子もなく、

「紛失しているのは、キャンディードロップです」

　と、落ち着き払った口調で言った。

「……何、なんだって……？」

「当時、三日前からあの部屋にあったもの、及び出ていった物については詳細な記録が取られていました。その中で、部屋に残されていたキャンディーの詰め合わせ残り個数と、捨てられていた包み紙の数が一致しません。ひとつなくなっています。おそらくオレンジ風味のものであると思われます」

　あまりに平然と述べるので、その話の中身が他の者たちには今一つ理解できない。

「……そいつは、なんの冗談だ？」

「無論、可能性としては警備の者が勝手に拝領し持ち去ったという可能性も捨て切れませんが、彼らに与えられていた仕事の性質上、その可能性は低いと

思われます。またトイレ等に包み紙を流したという線も、過去の秋葉氏の生活習慣からあまり考えられない、ということです」

「……く、くだらない！」

誰かが、とても辛抱できないといった調子で叫んだ。

「いったいこれは何の茶番なんだ？　キャンディーだって？」

「だから〝生命と同等の価値があるもの〟としか予告状にはなかっただろう」

伊佐が、さっきの不快そうな顔のまま、忌々《いまいま》しげに言った。

「信じられない人間は、あんたたちだけじゃない。我々だって、誰一人として信じることなどできない。だが——そうなんだ。いつもだ。どうでもいいとしか思えない物しか盗まれず、そして——同時に誰かが死んでいる。それがペイパーカットの顕《あらわ》れ方なんだよ」

「正体も動機も目的も、一切が不明です。逆に言えば、不明であればそれはペイパーカットとして認定されるということでもあります。今回もそれに相当し、保険金の支払い義務がサーカム保険に生じたというわけです」

その言葉に一同は、え、と虚を衝《つ》かれた顔になった。

取り巻きの中でも、財務を担当している男がどうにも信じられないという調子で、

「……すると、本当にそうなのか？　本人が死んだ訳でもないのに、保険金が下りる、という話は——」

と訊いてきたので、千条と伊佐はうなずいた。

「契約書をよく読めば、きちんと明記されていますよ——〝契約者の周囲でペイパーカット現象が生じた場合、如何《いか》なる条件下であっても規定の保険金が支払われる〟と。これはサーカム保険の基本姿勢ですから」

「……証明できないことが、その現象の証明になる、というのか？　訳がわからん話だ……」

財務担当者は頭に手をやって、何度も首を左右に振った。

「おまえらの保険会社は、いやサーカム財団は、なんだってそんな馬鹿げたことを……」

「財団の是非はこの際問題ではないでしょう。特例保険金が支払われますので、その振込先を教えていただきたいのです。通常契約のものと同一でよろしいですか？」

ここで、この奇妙な問答の間中、ずっと黙っていた当事者である老人——東澱久既雄がやっと口を開いた。

「おまえ——千条雅人とか言ったな」

彼の声は歳の割には鋭く、掠《かす》れてもいず、部屋に響いた。

「前に、どこかで会ったか……？」

東澱は、その個性に欠ける保険の調査員《オプ》を睨《にら》みつけている。

これに千条は首を振って、

「いいえ。ありません。私とあなたはこれが初対面であり、以前に面談した経験を持ちません」

と、まったく平然とした口調で言った。

「…………」

しかし東澱は、腑《ふ》に落ちない様子で眉を厳しく寄せている。その鋭い眼光は、普通の者であったら震え上がってしまうようなものであったが、千条はけろりとしている。

「おまえ、生まれはどこだ？」

「別に私の個人情報を今、あなたが得ることには何の意味もないと思われますが」

千条はまったく怯《ひる》まない——というよりも、そもそも何も感じていないかのようだ。

周囲の者たちはびくびくしていたが、やがて東澱が、ふん、と鼻を鳴らして、

「まあ——そうだな」

とうなずいてみせた。

ほっとした空気が流れ、なんとなく視線が千条の方に集中した。その本人はまるで表情が変わらない。

その横では伊佐が、心の中でため息をついていた。

（大した心臓だとか、あるいは鈍感野郎だとか思われているんだろうが——誰も信じまい。俺だって、まだ信じられないんだから——）

動揺などするはずがないのだ。権力者の威光も、人の生き死にも、この男の前では何の意味もないのだ。何故ならばこの男は……。

（信じられるはずがない——この千条雅人がほんとうは〝機械〟なのだということを）

これについては、科学者から説明を受けたことがある——〝純粋に比率の問題で言うなら、君のように眼鏡を掛けている者、補聴器をつけている者、あるいは骨折箇所をボルトで繋《つな》いでいる者も機械ということにはなる。その程度——いや、人工物の比率はそれよりもささやかで、重量的にも虫歯の穴に詰める銀程度のものだ……だがしかし、それでもこれはその綽名《あだな》の通り〈ロボット探偵〉なんだよ。犬や猫よりも、我々からは遠い存在なんだ〟——と。

コンビを組んでから一年になるが、その事実を伊佐は納得できるような、できないような、なんとも中途半端な気持ちのままでいる。

（しかし——この東澱久既雄は、生前の千条を知っているのか……？）

伊佐が老人に視線を向けると、向こうもこっちを見つめていたので、もろに眼と眼が合ってしまった。

う、と伊佐はさすがにやや怯んでしまった。それだけの力がある眼光であった。

「伊佐俊一——おまえは個人的にペイパーカットとやらに恨みがあるのか？　あの、サーカムの婆さんと同じように」

ずばり訊かれた。さすがに即答できない。

「……それも、教える必要のないことでしょう」

千条に比べると、その声が多少震えていた。

「まあ、そうだな」

老人はまた言ったが、今度は口元にやや笑いが浮いていた。

「それで、その殺し屋だか怪盗だか、そいつは今回は失敗したと思うか？　儂《わし》はこうして、平気で生きている訳だが」

「それは違うと思われます」

千条が淡々と言った。すると取り巻きの一人が、

「違うとはどういうことだ？　そいつは影武者と御《ご》前《ぜん》を取り違えてしまったではないか。まんまと騙《だま》されただろう」

「ですから――ペイパーカットの目的も理由も、我々には不明なのです。通常で考えられるような成功と失敗の基準を当てはめるのは無理がある」

「要は、勘違いをしていたのはあんたたちの方だってことだ」

伊佐がさっきの動揺を隠そうとして、声を少し荒げた。

「最初から予告状には〝この部屋の住人〟としか書いていなかっただろう――そういうことだ」

「なにぃ……？」

警察高官の眼が見開かれた。

「つ、つまり――標的は影武者の方で、御前ではなかった、ということか？」

「警備にあれだけの予算と人員を投入した後で、こんなことを言うのも悪いがね」

伊佐は嫌味っぽく、同時に怒りを隠しもせずに言った。

「たかが影武者一人に――あんたたちからすればそういうことになるんだろうな」

「――ぐっ」

気まずい空気が流れて、しかしそんなことをまったく気にしない千条が付け足した。

「あなた方の中で、秋葉晋平氏に特に殺されるような理由があった、と証言できる方はおられますか？」

これにまず反応したのは、意外なことに東瀲久既雄だった。

「その言い方は正しくないかも知れんな。なにしろ——ほんとうは秋葉晋平というのは儂なのだから」

その言葉に、その場にいた全員がぎょっとして老人を見た。

当の本人はニヤニヤしながら、

「そして奴が東瀲久既雄だ。多少顔かたちと背格好が似ていた儂らは終戦直後のどさくさで、名前と戸籍を交換したのだ。奴が殺人を犯したので、儂がその罪を被《かぶ》ってやるという契約でな——もっとも、儂はすぐに警察を取り込んで、東瀲久既雄の容疑はうやむやにしてしまい、勢力を伸ばす足がかりにさせてもらったが——奴と再会したのはその三十年後だった。まだ貧乏で天涯孤独な秋葉晋平のままだったので、面白いから東瀲の影武者として雇うことにしたのだ。——なかなか興味深い人生だろう？」

と、かなり衝撃的なことをあっさりとした口調で告白した。

「それは事実ですか？」

「事実かどうか、証明することはできんだろうな。ひとつ言えることは、もはやこの話が広まったところで何の影響もないということだ。秋葉は死んでしまったしな」

飄々とした調子である。嘘か本当か、まるで見当が付かない。周《まわ》りの取り巻き連中も、皆ひきつった笑いを浮かべていて、まさかな、と全然信じていないようであった。というよりも、信じることはできない——そんなことはとてもできない、という感じであった。

老人本人は淡々と言葉を続ける。

「そういうわけで動機があるとすれば、儂にあるといえないこともない。何しろかつては儂が秋葉だったのだから」

「――なるほど」

千条は東澱を注視した。それからひきつっている周囲の人間たちを一通り見回して、言った。

「しかしこの場にいる者たちは、一人残らず東澱久既雄を認識しているようですから、あなたがペイパーカットであるということはなさそうです」

これに東澱は大口を開けて、大笑いした。

「なるほど――そういう区別の仕方もあるわけか。しかし、だとすればペイパーカットの目的というのはなんだと思っているのだ？　富にも興味がなく、誰にも認識できぬのならば、名誉も誇りも関係ない訳だろう。では……なんのために予告状を寄越して、盗んでいるのか、殺しているのか――とにかく、そいつをするのだろうな？」

「ですから、不明であると――」

千条が言いかけたが、東澱は彼を無視して、伊佐の方をずっと見つめている。

おまえはどう思っているのだ、と無言でそう詰問していた。

千条も、相手が彼に意見を求めていないと知り、口を閉じる。

「………」

伊佐は真っ向からその重い視線を受けとめた。

「……そうですね。個人的な意見で言うならば」

伊佐はうなずきながら言った。

「奴はなにか……〝研究〟しているような気もします」

「ほう――」

東澱は目を細めた。

「それはつまり、権力を持つ儂よりも――人の身代わりの影武者として人生を過ごしてきた男の方に、より興味を持つような……ということか？」

「そうでなければ、本当に無意味としか思えないのです」

「面白いな、それは――」

東澱は本当に面白そうに言って、笑みを浮かべた。

「何に興味を持っているのか、その基準は何か——金でも、力でも、美でもない……なんだろうな、それは?」

「わかれば苦労はしません」

伊佐が首をすくめると、東澱は真顔《まがお》に戻り、

「……で、そろそろ本題に入ってもよかろう。まさかほんとうに、わざわざ保険金が支払われるということを告げに来た訳でもあるまい」

と言った。

「はい」

千条がうなずいて、一歩前に出ながら、懐《ふところ》にしまっていた物を取り出した。

それは一枚の紙切れだった。

東澱の前のテーブルの上に置かれている、秋葉晋平に宛てられた紙切れと、同じ大きさをしていて、同じような書体で、同じようなことが書かれていた。

〃一週間後に、この場所に訪れた者の、生命と同じだけの価値ある物を盗む〃

「これは昨日、とある場所に置かれていたものです。今回の事件と重なるようにして」

「一度に二度、という訳か。珍しいことなのか?」

「少なくとも、確認された前例はありません」

「きわめて興味深い事象——だから専門家の、おまえたちが出向いてきたという訳か」

「それに、これが置かれていた場所が問題です——収容人員五千人以上というコンサートホール〈パラディン・オーディトリアム〉の——六日後というのは、ちょうどその完成記念のお披露目興行が行われる日なのです」

それはわずか二十五歳でこの世を去った、天才と呼ばれた女性歌手の追悼コンサートのために、彼女

をリスペクトする十二組もの有名アーティストたちが一堂に会するという、一大イベントなのだった。

2

今日こそはびしっ、と言ってやらねばならない。

沢代《さわしろ》久美子はそう決意していた。

なにかというと、もちろん彼女が同棲している相良則夫のことだ。

いつもいつも仕事を辞めてしまい、今日もついさっきバイト先のピザ屋から〝残りの給与は振り込まれるから取りに来なくて良い〟という電話が来たばかりである。

(また後先考えずに辞めちゃって――ホントに長続きしないんだから――)

彼女が一人、マンションの室内で腹を立てていると、電話がまた鳴った。

掛けてきたのは、その当の本人の則夫だった。

〝――ああ、久美子。実は……〟

と彼が言いかけたところで、久美子は怒鳴った。

「もう、いい加減にしなさいよね！　これで何度目だと思ってるのよ！　どうしてあんたはいつもそうなのよ！」

〝え？　……あれ、もう知ってんの？　なんで？〟

「なんでだっていいでしょ！　今どこにいるのよ、すぐに帰ってこないと――」

〝いや待て、待てよ。帰るよ、帰るけど一人じゃないんだよ。連れがいるんだよ〟

「連れ？　なんのことよ？」

〝いや、生命の恩人っつーか、助けてくれた人がいて――〟

と則夫が訳のわからないことを言っている後ろで、くすくすという笑い声が聞こえた。

〝そいつは、ちょっと大袈裟《おおげさ》じゃないか？〟

〝いや、だって――なんかそんな風じゃないか〟

なにやら勝手に話している。久美子は無視された感じがして、カッとなった。

「ちょっと――」

怒りすぎて、なんと言っていいのかわからない間に、則夫が、

〝そういうわけなんで、人を連れて行くから。ああ、ピザもあるから飯《めし》の支度はいいや〟

とふざけたことを抜かして、電話が切れた。

「ち、ちょっと、もしもし、もしもし！」

久美子はすっかり頭に来て、すぐに電話を掛けようかと思ったが、やめた。これ以上怒鳴ると逃げそうな気がしたからだ。すぐに帰ってくるとか言っていたから、そのときに思いっきり怒ってやればいい。

（なんか、誰かを連れてくるとか言っていたけど――どうせ友だちの誰かでしょ。全然関係ないわ）

ぷりぷりと腹を立てつつ、彼女は待っていた。

マンションの部屋は、こういう一人の時は、ちょっと広すぎる――逆に落ち着かない。

先月の彼女と則夫の収入は、二人合わせても十二万にしかならない――このマンションの家賃は月に約三十万で、それに細《こま》かい管理費やら何やらを取るから、普通だったらもちろん、こんな所に住めるはずもない。それでもここは紛れもなく則夫の部屋であり、別に家賃を滞納しているわけでもない。

何故なら、このマンションそのものが則夫の物だからだ。

（借金だらけで、親からの遺産で、相続税も未納だけど――）

そして、全然入居者がない。駅から少し遠すぎるのだ。もともとは土地再開発を当て込んで則夫の両親が借金までして土地を買い込んで建てていたものだったのだが、その途中で選挙があって〝より現実的な政策を〟とかなんとか言っていた議員が当選したら再開発計画そのものがご破算になり、建てかけだったマンションは今さら壊すのも金が掛かりすぎるというので造られたものの――無用の長物と化し

ていた。

しかも間の悪いことに、両親が揃って事故で死んだ。気晴らしにと出掛けたハワイ旅行の途中でバスが横転したのだ。

則夫は――実は、両親とは絶縁状態にあった。ささいなことで父親と喧嘩になり、家出同然で独立したのが三年前――それ以来、親と会ったことはなく、マンションを建てていることさえ知らなかった。

それがいきなり、複数の債権者から金の取り立てを受ける身分になってしまったのだった。たぶんマンションは手放すことになるのだろうが、とにかく買い手が見つからない。

それまで住んでいたアパートを引き払い、この部屋に移ったが、そういうわけで自分の物なのに借り物同然である。

（うう、少しでもお金が必要だっていうのに……）

久美子が則夫とつきあいだしたのは彼が家出中のことだったので、こんな厄介事《やっかいごと》に巻き込まれるような、半端なお坊っちゃんだったとは思っていなかった。困っている彼をなんとなく見捨てておけなくなって、こうして一緒に暮らしているのだが……最近、その我慢も限界に来つつあった。

（もう一回よ、あと一度でもこんなことがあったら、私は本当に知らないんだから……！）

彼女がむかむかしていると、帰宅を告げるドアホンが鳴った。チェーンロックを掛けているので、鍵だけでは外から開けられないのだ。

すごい勢いで立ち上がり、どすどすと足を踏み鳴らし――幸いなことに下の住人から苦情が来る心配はない、空っぽだから――玄関に出て、大声を張り上げてやろうとした。

……そしたら、そこに異様な奴が立っていた。

「やあどうも、あなたが久美子さんですね」

その背の高い男は、彼女に向かって微笑みながら、礼儀正しい物腰で会釈《えしやく》してきた。

「………」

彼女がぽかんとしていると、後ろからひょっこりと則夫が顔を出し、

「こちらはアメヤさんだ。なんでも作家なんだそうだ」

と彼を紹介した。

「あ、あめや……？」

「どうかよろしく」

彼はさりげない動作で手を差しだしてきた。反射的に握り返して、握手してしまう。

「……ど、どうも」

久美子は適当な返事をして、それからつい、

「……す、すごい頭ね？」

と彼の髪について率直な感想を述べていた。

「ああ、そう言う人もいますね」

飴屋は紳士的な態度を崩さずに、にこやかに言った。そして、

「入ってもいいかな？」

「あ、ああ……ど、どうぞ」

ほんとうは誰が来ても追い返してやるつもりだったのに、久美子はそう言ってしまっていた。

三人は、やたらに閑散としたリビングルームに腰を据《す》えた。

「いや、話を聞いたらこの街に来たばかりで、まだ宿を決めていないって言うからさ。それならウチに来れば部屋はいくらでも空《あ》いてるからって――」

則夫がどこか浮かれたような調子で言うので、久美子は我に返って、あらためて怒ろうとした。ところがここでまた飴屋が、

「話はここに来るまでに聞いたが……どうも大変なようで。久美子さんも苦労されているみたいだ」

としみじみとした声で言ったので、久美子は不覚にも、じわっ、と来てしまった。

「そ、そうなんです――大変で大変で……」

文句を言うどころか、逆に飴屋にすがるような言い方になってしまう。

「債権者がしょっちゅう来るし、買い手は見つからないし……」

そのとき、冷え切っていたピザを温めていた電子レンジが、ちん、と音を立てた。

すっ――とまず立ち上がったのは、飴屋だった。彼は久美子と則夫が反応する隙もないうちに、ピザを取り出して彼らの前に持ってきた。

「……それほど崩れてはいなかったみたいだな。これなら大丈夫だ」

箱を開いて、中身を確認して、飴屋はまるで自分がホスト役であるかのような態度で言った。そして取りやすいように二人の前にピザを並べる。

「ど、どうも」

則夫たちはつい頭を下げてしまう。

三人はもそもそと、どこかさえない食事を始めた。

「あ、あのう――アメヤさん？　作家って言ってましたけど、今はどんなものを書いてるんですか」

「そうだな――モチーフ探し、と言ったところで、具体的な仕事そのものは進んでいないが、とりあえず……」

飴屋自身は、自分で世話したピザにはほとんど口を付けずに、ウーロン茶ばかり飲んでいる。

「……歌について考えている」

「はあ、歌？　……ですか」

「則夫くんや久美子さんは、なにか好きな歌とかないのかい」

さりげない口調で訊いてきたので、そのときに飴屋の瞳の奥で一瞬光った、やや鋭すぎる眼光には二人とも気づかなかった。

それは獲物を見るときの、猛禽《もうきん》類の眼に似ていた。

「そうだな……カラオケとかあんま行かない方だからな、俺……」

「私はなんといっても」

煮え切らない則夫に対して、久美子は毅然《きぜん》とした

調子で、

「雫《しずく》よね、雫」

と鼻息も荒く言った。

「みなもと雫、他には考えられないわ」

「ああ——あの半年前に亡くなった女性か」

飴屋がうなずいた。

「君は彼女の歌が好きなのか」

「そりゃもう！　神さまよ、神さま」

「ふむ——そういえば、彼女のトリビュート・ライブが近いうちにあると聞いているが」

飴屋の言葉に、まず反応したのは則夫の方だった。あっ、やべっ、というような焦《あせ》った顔になり、ちら、ちら、と久美子の方を窺う。

その久美子はというと、ぶるぶると小刻みに身体が震えている。

そして急に怒鳴った。

「あんなものはくずよ！」

顔が真っ赤になっている。心の底から怒り狂っていた。

「彼女がどれだけ素晴らしい人だったか、そんな簡単なことさえ理解もしないで、ただ金儲けのためだけに彼女の歌を利用しようっていう——最低よ！」

「ふむ……」

飴屋がこの彼女の激昂《げっこう》を、静かな眼で見つめている。

則夫は、前にもこの話題が出たときに同じような状態になったことがあるらしく、首をすくめて、ただ嵐が去るのを待っている。

だが——飴屋の方はやや薄い微笑みさえ浮かべて、彼女の激怒を見据えている。そして囁《ささや》くように言った。

「そんなに良くないものなのか。いや、私はそれについてはあまり詳しく知らないんだが——すると、それはなくなった方が世の中のためになる、というような集《つど》いなのかな」

「え？」

久美子は飴屋の声に、やや落ち着きを取り戻した。

飴屋の声が、完全に本気――深い理解を下地《したじ》にしているものであることが、直感的にわかったからだ。それが彼女の熱を奪っていた。吸い取られたかのようだった。

「え、ええと――まあ、そうね。それはそうよ。中止した方がいいに決まっているわ」

「なるほど――それは興味深い」

飴屋はしげしげ、と久美子を見つめて、そして則夫を見て、うなずいた。

「いや、本当はすぐにでも去ろうかと思っていたんだが――関心が湧いた。しばらくこのマンションの部屋を貸してもらうことにしよう。もちろん礼はするよ」

「あ、ああ――そりゃかまわないけど。でも礼なんかいいよ、うん。いくらでも部屋は余ってんだからさ。なんだったらこの部屋でもいいよ」

則夫が勝手に言ってしまった。久美子は、ここで怒るべきではある状況だった。

だが――

「そ、そうよ……礼なんかいいわ」

――彼女も、ついそう口走っていた。何故かはわからない。だが彼女は、この奇妙な客に対して普段通りの反応をするのが、なんだか嫌な感じがしてならなかったのだ。

自分の夢を、それこそ大好きな歌手の死を利用して金儲けしようとする連中と同じように踏みにじるみたいな、そういう感覚が――。

「お仕事が終わるまでは、いつまでもいてくれてかまわないわよ、うん」

この久美子の素直な態度に、則夫はちょっと驚いて彼女の方を見る。

飴屋はやや苦笑に似た表情を浮かべ、

「いつまでも、というわけにはいかないだろう。君たちとしては、このマンションは一刻も早く売り払いたいところじゃないのか」

「ま、まあそれはそうなんだけどさ」

「では、精算は私が出ていくときにするとして――とりあえず手付けだけは渡しておくか」

と言って、飴屋は懐に手を入れて、そして一枚の紙切れを取り出した。

紙幣でも小切手でもない、ぺらぺらの薄いその紙切れには無闇にきらびやかな印刷が施《ほどこ》されていた。

則夫と久美子は、すっ、と渡されたその紙に眼を落とす。

それは一枚の宝くじだった。そこら辺でいくらでも売られている物だ。

「――これは？」

「君らは金銭を受け取らないと思ったのでね――まあ、半分は冗談だが、なかなか面白いんだよ、そいつは。よく見てみたまえ」

言われて、二人はじっくりと宝くじを観察して、それからあっ、と言った。

数字が、全部7――77組777777という通し番号になっていたのだ。

「まあ、当たる可能性は限りなく低いがね。お守りみたいなものだ。君らに進呈するよ」

飴屋がウインクしながら言った。

紙切れが、久美子と則夫の指に挟まれ、エアコンから吹き出している風になぶられて、ひらひらと揺れていた。

CUT/2.
Shuniti Isa

雨粒が垂れるように、想いがこぼれていく

——みなもと雫〈ドロップ・オフ〉

1

パラディン・オーディトリアム――。

最大で五千人も収容できるこの巨大なホールは市議会の政策変更に伴う郊外の再開発計画見直しに伴って中止された数々の建設予定の内、唯一完成した場所である。

だから周囲はかなり閑散としている……だだっ広い平地に、突然鮮やかな白亜の、貝殻を伏せたような形の建造物が聳《そび》えているのはかなり異様な風景で、なんだか発掘された古代遺跡のようでもあった。

そこには今、大勢の人間たちが集まって作業に掛かっている。五日後に迫っている〝みなもと雫追悼コンサート・ライブ〟のための準備が大詰めに近づいているのだ。この会場での初めてのライブということもあり、作業はマニュアルに頼れずに試行錯誤で行われていた。

慌ただしい雰囲気が辺りに満ちている――その場所に、二人の男が姿を見せた。

「――ここか」

サングラスで眼を隠した伊佐俊一が、関係者以外立入禁止のチェーンの前に立った。

「そのようだね。通例のコンサートよりも手間が掛かっている」

その横には千条雅人が、相変わらずの取り留めのない顔つきで、背筋をぴんと伸ばして直立している。

「混乱しているって訳か――厄介《やっかい》だな」

伊佐は無造作に、チェーンをまたいで中に入り込んだ。するとすかさず警備員が飛んできた。

「なんだあんたたちは！　ここは立入禁止だ！」

いわゆるバイトの間に合わせではなく、本格的な警備員である。格闘技でもやっていそうな立派な体格をしている。

「知ってるよ――だからこっちに来たんだ」

伊佐はそう言って、身分証を出した。

「サーカム保険から来た。アポイントメントはあるはずだ。責任者に話をつなげ」

「なんだと？　保険会社？」

身分証をしげしげと眺めて、警備員は中央センターに連絡を取った。

「はい、二人組です――サーカム保険と名乗っています――はい、はい了解」

確認は取れたらしいが、警備員の鋭い目つきは変わらない。

「あんたたちが入れるのは青い線の柵までだ。赤は進入禁止だから、そのつもりで」

注意を受けて、入館許可証を渡された。

「これは必ず首に掛けて、見えるようにしておいてもらうから」

「わかりました」

千条は相手の高圧的な態度にもまったく逆らわず、素直にうなずくが、伊佐の方は、

「あんた――その癖はそろそろ取った方がいいな」

と警備員に向かって言った。

「元警官だろう？　そういう上から言いつける物言いは、確認の取れた相手にはしない方がいいぞ。上司からも何度か注意されてるだろう？」

「な、なんだと？」

警備員の顔色が変わった。どうやら図星《ずぼし》らしい。

「せっかくの再就職先をふいにすることはないだろう――気をつけとけ」

伊佐は言い残すと、その場からさっさと中に入っていった。エレベーターが停まっていたので、それに乗り込む。

千条も後に続く。

警備員は言い返せず、その場で立ちつくしていた。彼の前でエレベーターのドアが閉じて、地下の階へと降りていく。

「――いいのかい？」

　ケージの密室で、二人きりになった千条が伊佐に言う。

「特に抗議が必要な局面とも思えなかったけど」

「ああ――まあな」

　伊佐はやや渋い顔である。

「なんだか昔の自分を見ているみたいな気がしてな――」

「それは同情ということかな。しかし君は、彼に対してあまり好意を抱いていないような印象を受けたけど？」

「自分と似ているから、腹が立つってこともあるんだよ――」

「それは、どういう感覚なのかな」

　くどいほど問いつめる千条は、別に伊佐に絡んでいるわけではない。伊佐の方も、千条のそんな態度に何も反応せずに、ただ返事する。

「自分の欠点に直面したときと似たような感覚で、しかもその欠点を克服しなきゃと思っていて、なかなかそれができないときの苛立ちが、相手に対して投影されているんだよ」

　伊佐の、慣れきった説明口調の、およそ投げやりな物の言い方に、千条はうなずいて、

「なるほど、きわめて明瞭に理解できたよ」

　と言った。

「データ収集はそのぐらいにしておけ――そろそろ着くぞ」

　伊佐が言うのと同時に、エレベーターが地下三階に到着した。

　地下は上の喧噪《けんそう》が嘘のように、妙に静まり返っていた。どんどん、という作業音が時折、遠くから響いてくるのが、なんだか地鳴りのように聞こえた。

　伊佐と千条は、狭い廊下を進んでいく。華やかな舞台裏に属する場所は、大抵は狭苦しく、余裕のないものだ。ここも例外ではない。来客用控え室の隣が事務室で、その隣が今回のライブの管理をしている会社の執務スペースに当てられていた。中央管理

室、というプレートがべたべた貼られているポスターの隙間からわずかに見えた。

伊佐がノックをすると「どうぞ」という早い反応が即座に返ってきた。

「失礼します」

千条が先に入り、室内に素早く視線を走らせた。数名の者たちがそれぞれ書類に眼を通したり、どこかに電話を掛けていたりと忙しく動いている中、一人の男が千条たちの方にやってきた。

「ああ、これはわざわざどうも——私がイベント運営の補佐をしております山菱《やまびし》エージェンシーの、大倉《おおくら》と申します。サーカム保険との折衝《せっしょう》を担当させていただいております」

へりくだったようなものの言い方をする。すると千条が突然、

「いえ、丁寧語をご使用になる必要はありません」

と言い出した。これに大倉が「は？」と目を丸くする。千条はうなずきながら、

「私たちは今回の状況では、あなた方のクライアントというわけではなく、むしろそちらが顧客側と言ってもいいような立場にあります。謙譲なさる必要性はありません」

と、大真面目な口調で言った。表情にも態度にも、揶揄《やゆ》したり悪意を示したりするようなところが皆無である。

「あ、あの——」

大倉は訳がわからず、目をぱちぱちとしばたいた。

すると後ろで伊佐が、えへんえへん、と咳払《せきばら》いをして、

「——要するに、ざっくばらんに話をしてくれってことだ。ここに脅迫状めいたものが来た。それについての話し合いをしようって言うんだから、お互いつまらない遠慮をしていてもしょうがないってことだ——わかるだろう」

と砕けた口調で言った。

「――は、はあ……まあ、それで宜しければ」

大倉はまだ腑に落ちないような顔で、千条と伊佐を交互に見ていたが、やがて、

「……では、ちょっとこちらへ」

と二人を部屋の奥、ボードで仕切られて他の者の目から隔《へだ》てられたスペースへと導いた。

そこに置かれているテーブルには、無数の手紙やらファックス、そしてプリントアウトされたメールが積み上げられていた。

「見てください、これが全部ライノの中止を求める苦情ですよ」

大倉はため息をつきながら言った。

「さすがに、みなもと雫には熱烈なファンが多くて――その分こういう輩《やから》も多いというわけでして」

伊佐はふん、と鼻を鳴らして、その内の一枚を手に取った。

そこには〝おまえらを皆殺しにしてやる〟と紙からはみ出さんばかりの大きな字で書かれていて、しかも赤黒いそのインクは血液が乾燥したもののようであった。

「――大半は悪戯だとしても、確かに気味は悪いな」

「そうなんですよ。我々としても困り果てていまして。警察も多少は人員を回してくれると言っているんですが」

「警察にはこの脅迫状は見せたのか？」

「とんでもない――」

大倉は首を左右に振った。

「はっきりと犯罪だということにされたら、逆にコンサートの中止を求められかねませんからね。その辺は曖昧にしていますよ、もちろん」

「警察内部との折衝は済んでいる、か――」

対策本部などができたら、それは警察の中にも責任者が必要になるということであり、基本的には警察も他の役所と同じ――誰も不用意な責任は取りたがらない。ましてや、今回はまだ事件性があるかど

うかも不明なのだ。

「まあ、こちらも関連警備会社に準備はさせている──なにしろ実際に被害が出てしまったら、多額の保険金を支払わなければならないんだから」

「未然に防ぐのが、最善の策です」

千条も付け足しのように言った。

「はい、よろしくお願いします」

大倉はまた頭を下げた。それを見て、伊佐はちょっと彼が気の毒になった。

(たぶん、トラブルが起きたら彼が責任を取らされるのだろう──しかし本当は、俺たちはトラブルを防ぐために来たのではなく、これにペイパーカットが関与しているのかどうかを確認するのが最優先なのだと知ったら、こいつはどう思うだろうな)

しかし、むろんそんなことはおくびにも出さない。ただでさえ彼のサングラスは表情を隠して、この男を必要以上にクールに見せる働きをしているのだから。

「見てもよろしいですか?」

千条が脅迫状の山を示して訊くと、大倉はうなずいた。

「どうぞ。そちらにも資料としていくつかお送りしたはずですが」

「ああ──受け取っている」

伊佐がうなずくのと、千条がテーブルの上の紙切れを片っ端から読み出したのは同時だった。

いや──それを読んでいると言っていいものなのかどうか。

一枚取っては、ちらっ、と一瞥《いちべつ》するだけで、もう手は次の一枚に伸びている。それもちらっ、と見ては交換し、またすぐに次のを──素早く淀《よど》みなく、停まらない。

印象としては、大量のトランプの札の中から、スペードのA《エース》だけを探しているときのようでもある。パッと一目で他のものと区別が付く、単純なマークを探しているのと同じくらいの、それは速度であり、躊躇《ためら》いの無さだった。

（しかし——もちろん全部の文章と筆跡を、瞬時に記憶しているはずだ）

伊佐はもうこの男の才能——いや性能を理解しているので、まったく驚かない。だがもちろん大倉はぽかんとしてしまっている。伊佐はそんな彼から気を逸《そ》らすためもあって、かまわず質問した。

「それで——この脅迫状なんだが」

とポケットからビニール袋で包んだ、一枚の紙切れを取り出す。

ここにある脅迫状の中でも最もシンプルで、それでいてどれよりも深刻な内容を示している——ペイパーカットの予告だ。

「は？　ああ——それですか？」

大倉はそれを見せられて、少しきょとんとした顔になった。

「そんなのありましたっけ——そちらにはそれが回されていたんですか」

「他にも十通ほどあったが、とりあえずはこれについて訊きたいんだが。どこに置かれていたかとか、わかるだろうか」

「私にはちょっとわかりませんが、しかし郵便物に紛《まぎ》れていたのではないことは確かですね。それならば私が確認していますから」

「なるほど——どこかに置かれていたという話だったが、誰かの楽屋か？」

「かも知れません。それでマネージャーの誰かが、ここに届けに来たのでは」

「誰かわかるか？」

「ええと、ここには大勢の人間が入れ替わり立ち替わりで来ますから、難しいでしょうね——本人も覚えていないかも知れませんよ。たくさんある雑用のひとつでしょうから」

「なるほど——あまり話をゆっくり聞いていられる状況でもなさそうだしな」

「ライブ直前ですからね——特に今回は大勢のアー

ティストたちが合同で、しかも入念にリハーサルしていますから」

「死者の追悼だから、みっともないことはできない、か」

「そうです。言われているような金儲け主義ではないんですよ。みなさんほとんどノーギャラに近い形で協力していただいているんですから」

「名前を使われるだけでも、脅迫者たちには嫌なんだろうさ——」

言いながら、しかし——と伊佐は心の中で呟いた。

もしこれがペイパーカットの仕業であれば、奴はそんな簡単な動機では動いていないだろう。

奴の動機は、誰にも理解できないのだから……。

そうやって伊佐と大倉が話している間に、千条がその手を停めた。

「終わりました。これでここにあるものは全部ですね」

さらりと言った。

「は？　は、はい——あの、全部読んだんですか？」

「はい。確かに大半は、ただ脅迫状を作成し、それを提出するだけで満足、もしくは目的を達成したと考えている者たちの手になるものであると傾向づけられました」

千条は淡々と言った。

「ど、どうして——そんなことがわかるんです？」

「脅迫内容を実行に移させる際に、どのようにしてそれを犯人側、もしくは外部に知らせるか、といったことに注意が向けられていない脅迫状は、これはその九九・六四パーセントが悪戯であるという統計データがあります。この中でそれに類するものは全体の六七パーセントで、さらに乱雑なものを加えれば、この数字はさらに増えます」

まるで役所の記者会見のような口振りである。

大倉は唖然としていて、伊佐がやれやれ、とため息をついた。

「――あくまでも統計だがな。犯罪というのは、基本的には例外の中から生まれるものだからな。まあ保険屋の言うことだと思って、あんまり本気にしないでくれ――安心するのは早い」

そう言われて、大倉は、ちょっと我に返ったようになって、

「は、はあ――」

と曖昧な返答をした。

「それより――そのアーティスト連中の関係者とも話がしたいんだが、許可をもらえないかな」

「え？　いや、それは――彼らもノーバスになっていますし……」

「だからこそ、話はしておいた方がいいんじゃないのか。大丈夫――いきなり歌手さんに話しかけてサインをねだったり、その繊細な感性を傷つけるようなことはしないよ。マネージャーを通してからにする」

「ええと――困ったな……」

彼は色々なことに考えをめぐらせているようだった。おそらくは本社から、サーカム保険の影響力についてはさんざん聞かされているのだろう。イベントの不祥事の際の保険金の問題だけでなく――もしその原因が彼の属する会社にあるとされたら、関係する多くの会社が結成するであろう訴訟団の先頭に立って、損害を保険会社自らが請求してくるだろうということを――。

(下手に逆らうな、ということを厳命されているが、しかし同時に何もかもさらけ出すな、というようなことを……だろうな)

伊佐は、大倉の顔色から簡単に状況を推察した。

やがて大倉は顔を上げた。

「わかりました。それではこちらからも一人付けましょう。――おい、御厨《みくりや》くん！」

大声を出して、誰かを呼んだ。するとどたどたという賑《にぎ》やかな足音がしたかと思うと、

「はあい！」

　という明るい女性の声が響いた。そして化粧っけのない、見るからに忙しいという雰囲気を丸出しにしている女性が現れた。長い髪にせっかくパーマをあてたのに、それを無理矢理にバンダナを巻いて収めている。普段はコンタクトなのだろうが、今は眼鏡を掛けている。服装もジーンズ系でまとめられていて、これもお洒落ではなく単に丈夫だからだろう。

「君はこれからマネージャーたちと打ち合わせだろう？　この人たちをみんなに紹介してくれないか」

「え？　は、はい。いいですけど――みんなあまりいい気持ちはしないでしょうねえ」

　御厨と呼ばれた女は投げやりに言った。

「それには慣れてるよ。別に間を取り持ってくれなくていい」

　伊佐が素っ気なく言うと、御厨は、

「へえ――」

　と少し目を丸くした。

「お偉いさんにしては、なんか謙虚ですね」

「別に偉くもない――」

　伊佐は、これにも素っ気なく肩をすくめて見せた。

「へえ、そうなんですか？　でっかい保険会社の人だって聞きましたけど――」

「おい、御厨くん」

　大倉がさすがに顔をしかめて、彼女を注意した。相手の職業などにいちいち物怖じをしていたらイベントプロデュースなどという職業はやっていられないのは事実だが、注意も必要なのだ。

「あ、すいません。えと、御厨千春《ちはる》っていいます。どうぞよろしく」

「ああ、よろしく。俺たちは――」

　と伊佐の方も自己紹介しようとしたら、唐突に千条が、

「その会合というのは、もしかするとあと三分で始

まる合同ミーティングというものですか？」

と切り出した。

「え？」

「ここに入ってくる際に、部屋の隅にある予定表に明記されていました。十四時ちょうどにミーティング、と。それのことでしょうか」

「……え、ええ。そうですが」

「でしたら、今すぐにそちらに向かいたいのですが。できるならばミーティングの開始前に、我々の自己紹介と来訪目的を皆さんに済ませておきたいのです」

きわめて自然な提案ではあるが、どこか不躾《ぶしつけ》で、そして部屋に入ってきたときに本来なら部外秘であろう予定表をしっかりと盗み見て、その内容を細部まで記憶しているということをあからさまに告げる
——何かがずれていた。

その彼の耳元に、伊佐が口を寄せて囁いた。

「おい、千条——」

「なんだい、伊佐」

「今のは、少しファウルだ」

「そうだったかい？　ちっとも気づかなかったよ」

「おまえ、ちょっと黙っていた方がいいな」

「わかった。そうするよ」

二人の会話はぼそぼそと小声なので、他の者は今一つ聞き取れず、茫然としている。

「——まあ、とにかくお願いしたいのだが」

伊佐が言うと、御厨は曖昧に、

「は、はあ——まあ、いいですけど」

とうなずいた。

三人はその場に向かった。御厨が先導し、その後ろを伊佐と千条がついていく。御厨はエレベーターではなく、奥の非常階段の方を進む気らしく、人気のない所をずんずん歩いていく。

その後に従いながら、千条がまた、

「なあ、伊佐——これは複雑な状況であると君に報告したいんだが」

と囁いてきたのに対し、伊佐は、

「わかっている」

とこれも囁きで返した。千条は前を向いたまま言葉を続ける。

「もしかすると、ペイパーカットだけではない可能性がある……一度に複数の犯人が、同時にイベントを妨害しようとしているとしたら、我々は何を優先すべきだろうか？」

伊佐はこれにも素っ気ない口調で、

「とにかく、色々と見てからだ——判断はそれからだろう」

と言った。

「なるほど、データを蓄積して、判断領域を確定するんだね。確かにまだデータ量が絶対的に足りない」

「当たって砕けろ、とも言うがな——」

「何ブツブツ言ってるんですか？」

御厨が後ろを向いて、訊いてきた。

「仕事の話だよ」

「ひそひそ内緒話なんて、男同士でみっともないですよ」

「言っても、誰も信じてくれないからさ——」

伊佐が苦笑いしながら言った。

そう、彼とこの〝ロボット探偵〟との出会いの話は、誰に言ったところでとても信じてはもらえないだろう——一年前のあの日、それはとても奇妙で、しかし陰惨な事件でのことだった……。

非常階段を昇って、三人はコンサートホールの裏手にあるスペースに出てきた。いわゆる舞台袖《そで》の、さらに奥だ。

（人が大勢いるな。さて——千条の〝眼〟に役立ってもらうときが来たな）

伊佐はちら、と相棒の方を見た。彼もうなずく。

敷居で囲まれたテーブルの所には、何人か既に来ていた。じろっ、と彼らは伊佐たちを睨むように見る。

「ああ、みなさん、こちらはサーカム保険会社から派遣されてきた人たちで――」

御厨が紹介を始める。

2

「――あの、飴屋さん……？」

久美子は、隣室に泊まってもらっている飴屋を訪ねた。

がらん……としたマンションの空き部屋の真ん中に飴屋は座っていて、そしてウォークマンを聴いていた。

「ああ、これは久美子さん」

飴屋は耳からイヤホンを外した。

「お借りしたCDを、さっそく聴かせていただいてるよ」

ウォークマンを停める。そのCDはみなもと雫のファーストアルバム〈青空と雫〉である。

「ええ、それで、そういえばこんなものもあったなって、パンフレットなんですけど」

と言って彼女が差し出したのは、生前のみなもと雫のコンサートライブのパンフレットだった。大きくて厚くて、値段も三千円という豪華な作りのものだ。

「ほほう、これは貴重なものでは？」

飴屋はさっそくパンフレットを受け取り、丁寧な動作でめくり始める。

写真がでかでかと載っている。みなもと雫のセルフプロデュースになる写真集、といった趣《おもむき》でもある。

彼女は、一言で言うとにかく、眼が大きい女性だった。なによりも瞳が印象的で、あとは顔の作りがどうとかスタイルがいい悪いといったことは二の次になっている。体格的には痩せぎすで、スマートではあってても異件にはあまり好かれない、というような感じではある。

歌は静かなものが多いのだが、写真はどれも活発で動きのある印象のものが多い。

「たしか彼女はハーフでしたね」

「ええ。お母さんが外国の人だって――でも秘密主義で、プロフィールはあまり公開されていないんです。私たちも、別に無理して知りたくないし。時々週刊誌とかで彼女の正体はあれだこれだとかやってたけど、馬鹿らしいからほとんど見ませんでした」

「それは同感だ。知らなくていいことに興味を持つ必要はない」

飴屋はぱらぱらとページをめくっていくが、その内の一枚で手が停まった。

「――これは？」

そこでは雫と、もうひとり若い男が横に立って歌っていた。

ぼさぼさの長髪で、昔ながらのロック野郎を画《え》に描いたような風貌をしている。

「ああ、これは偕《かい》ちゃんです。バックバンドには大抵この人がいました。ギターだけじゃなくてコーラスもやっていて」

「彼女のお気に入り、という感じかな。この写真だと、ずいぶん気心が知れているみたいだが」

「そうなんでしょうね。でも恋人とかそういう感じじゃなかったですけどね。偕ちゃんは女好きで失敗ばかりだ、とかMCでよくからかわれてたし」

「この人は今、どうしているんだろうね」

「さあ――でも、腕のいいギタリストですから、別に仕事には困らないんじゃないですか」

「しかし、みなもと雫を失って悲しんでいるんじゃないのかな。彼は例の追悼ライブには出るんだろうか」

「出ないみたいです。名前がなかったし――ていうか、あれには彼女と実際に仕事をしていた人は誰も出ないっていうし」

「なるほど――」

飴屋は少し考え込むような表情になった。

「あの……アメヤさんはどんな本をお書きになるつもりなんですか?」

久美子が訊くと、飴屋はうなずいて、

「まだはっきりと決めていないんだ。焦点を何に定めていいのか、迷っている——そんなところかな」

と、少しばかり遠い眼をして言った。

「はあ……アメヤさんでも迷いますか。意外ですね」

「そうかな?」

「ええ、なんだかいつでも自信たっぷりで、こうと決めたら躊躇わないって感じで。……少しは則夫も見習ってくれればいいんですけど」

「彼は彼なりに努力しているんだろうね。ただ——ツキが足りないだけと言っている」

「ああ、アメヤさんにも言いましたか。あの人、誰にでもそう言うんですよね」

はあぁ、と久美子は深いため息をついた。

すると飴屋が、

「ツキは必ずしも、いいことばかりとは限らない」

と、ふいに言った。

「どこにそれが転がっているのか、それと会ってしまってどうするのか——なかなか決断できないものだ」

「優柔不断ですものねえ、則夫は……」

「ちなみに——このマンションがらみの負債総額というのは、いくらぐらいなのかな」

それはやや不躾《ぶしつけ》な質問と言えなくもなかったが、しかし久美子にはそういう風に聞こえなかった。自然に問われて、そして自分も何気なく、

「ええと——十二億とか……」

と口にしていた。そしてすぐに、あはは、と乾いた声で笑った。

「笑っちゃいますよね。十二億だって。どういう数字なのかって感じですよね。全然実感の湧きようもないですよ」

「生活とは切り離されて、金だけが動いている——

その次元の話になっているから、だろうね」

飴屋はうなずいた。

「それぐらいになってしまうと、逆に取り立てる方も微妙になっているんじゃないのかい？」

「ええ、ヤクザが押し掛けてくるとか、そういうのは少ないですね。なんだか弁護士さんみたいな人たちが大勢いて、ものすごいたくさんの書類を持って、ああしろこうしろって――譲渡だの担保だの権利放棄だの委任状だの――なにがなんだかわからなくて。来月にはまた債権者の合同会議があるとかで、それに則夫が出なくちゃならないんですけど」

「要するにこのマンションを、そのままにしておくのか、それとも壊して土地を均《なら》してしまうのか、その辺を決める訳だね」

「そうなんでしょうか――そうなんでしょうね――」

久美子は自分たちのことなのに、どこか茫然としている。

「マンションを壊すとかどうとか、そういう具体的な話がなかなか出てこないんですよ。それこそ数字ばっかりで――でも、それはそれとして、私たちだって生活しなきゃならないんだし――だから則夫もバイトしてたんですけど」

彼女はまたため息をついた。

「わかってるんですけどね、一方で億がどうのって話になってて、でも生活的には時給千円とかのバイトの方が切実で――なんか無茶苦茶ですよ。則夫がぼーっとしちゃうのもわかるんですけどね」

「大勢の人間の思惑が、ここには絡んでいるようだね」

飴屋は広いマンションの室内を見回して言った。

「そして、誰一人としてそれを実感としては捉《とら》えていないようだ――債権者にしたところで、自分たちの企業が抱えている仕事を処理する、という感覚だろうしね――興味深い」

そして彼は、また手元のパンフレットに眼を落とした。

「こういうコンサートイベントでも、事情は似たようなものだろうね——スポンサーなしでは成立しないだろうが……切実にやっている訳でもないだろう」

「はあ……そんなものですか」

「君たちも、それだけ数字が無駄に多いと、逆にそれを利用しようとした方がいいかも知れないね」

さらりと言われた。しかし久美子にはなんのことだかよくわからない。

「ええと——どういう意味ですか？」

「このマンションを残すか、潰すか——いずれにせよ、その際に君たちの方から債権者に提案することもできるだろう？　何と言っても、今これを所有しているのは君たちであって、債権者は単に、君たちから何かを請求できる立場にいる、というだけで、実体を握っているわけではないのだから——」

「君たち、って——いや、所有しているのは則夫で、私は違いますけど」

「君は彼を所有しているようなものだろう」

飴屋のあけすけな物の言い方に、久美子はちょっと眉を寄せた。

「あの——そういうこと言うの彼、嫌がるんですよね。彼なりに自分の意思で行動してるって思いたがるタイプなので」

そう言うと、飴屋は笑った。

「そんなことを言えること自体が、君が彼をしっかりと把握している証明じゃないのかな」

「……うーん」

久美子は言葉に詰まった。

飴屋は、そんな彼女を妙に静かな印象のある瞳で見つめている。

そして——

「ああ、久美子さん——すみませんが、あなたの横にあるバッグを取ってくれませんか」

言われて首を横に向けると、そこには一個のスポーツバッグが無造作に置かれていた。

（……あれ？）

久美子は変だな、と思った。

さっき部屋に入ってきたときは、こんな物があったということに気がつかなかったが……自分の、本当にすぐ近くにある。座っている腰に密接しているかのような近さだった。

「あ――ごめんなさい。もう少しで潰しちゃうところで」

「いや、別に脆《もろ》いものは入っていないから――まあ、ある意味ではこの世の何よりも脆いものだがね」

「なんですか？」

バッグを手に取ろうとして、そのずしりとした重さに久美子はややひるみながら訊いた。すると飴屋はうなずいて、

「ただの紙切れですよ」

と言った。

「え？」

「開けてみてください」

言われるままに、久美子はチャックを開けてみた。じいいいっ、と軽快な音と共にそれは開放されて、中身が露出した。

ややけばけばしい感じの緑色をした紙切れが、たくさん入っている。みな同じような大きさに裁断されていて――

「……あれ？　これって――」

「米連邦準備券だ。つまりドル紙幣ですね」

飴屋はさらりと言った。

「お――お金、ですよね？　外国の――」

海外旅行の経験のない久美子には、それがどれだけの価値なのかぴんと来ない。

カバンにぎっしりと、それが詰まっている。数字らしき表示には、ほとんど一〇〇と書かれている。たまに五〇が混じっているが、それ以下のものはないようだ。

「換算すると、だいたい――九千万から一億円ぐらいにはなる」

飴屋の口調はあくまでも淡々としていて、その内容を把握するのに少し時間が掛かった。

「……え？」

「目の前に存在する、実体のある金だ――どうだろう、君たちの実体のない債権とやらを、その十二分の一しか価値のないこの紙切れで、どうにかする方法を探してみる気はないか？」

それはほとんど囁きに近いもので、景気のいい話を持ちかけられるときの高揚は皆無といってもいいほどの穏やかさである。

「え、ええ？　えと――何の話なんですか？」

「真に重要な物は何か、という話だ」

飴屋は、唐突な言葉を使った。

「金銭というのはあくまでも、交流によってのみその価値を有するものだ。兌換《だかん》の保証だ。しかし――決して他とは取り替えのできない物というのも、人間には存在するとは思わないかな」

「…………」

久美子はきょとんとしている。せざるを得ない。そんな彼女に、飴屋はそのカバンの中からこぼれ落ちた紙切れを一枚ひらひらさせながら静かに言った。

「真に重要なもの――私はそれを〝キャビネッセンス〟と名付けて、呼んでいる――もっとも、その人間自体が刻一刻と変化している以上、それもまた不変ではないのだが。しかし――ひとつの精神には、必ずひとつのそれがある」

紙切れが動きを停めて、彼の手の中で妙にぐったりと、しなびたようにひしゃげる。

「誰にでもあり、それなくしては人は自我というものを維持できなくなるような――それが〝キャビネッセンス〟だ」

CUT/3.
Naose Higasiori

涙が溢れるように、気持ちが募っていく

——みなもと雫〈ドロップ・オフ〉

1

　そこは今度は、とある国立大学の学長室だった。

　普段ならばそこは大学での最高位の者が所有しているのだが、今日は応接用のソファを中心にしてその部屋の磁場が決定されていた。

　そこに座っている老人は、東澱久既雄である。

　立場的には、国立の施設にやってきた一民間人の来客というはずなのだが、どう見てもそれは彼がこの真の主人であり、他の者はすべて彼の配下——そんな雰囲気すらあって、それもあながち間違いではなさそうだった。単に影響力があるとかそういう問題以前に、大学にとって決定的なものを〝東澱〟という名前が握っているようだった。

　その周囲には彼の部下たちがいるが——この前の高級船舶の時にいた者は誰もおらず、全部別の人間である。


「すると——あの二人は例の予告状の届いた場所に向かったか」

　東澱が言うと、はい、と横にいる年輩の女性がうなずいた。

「サーカム保険の調査が入るのを断れるほど、あのイベント会社には力がありませんから。いたく協力的に受け入れたようです」

　彼女はこの大学の事務局長であり、学長室にいるのは何の不自然さもないが、頭を下げる相手と、その態度が決定的に違っている。

「そのイベントホールだがな——」

　久既雄がやや厳しい顔つきで言った。

「確かに旧MCEの息は掛かっていないのだな？」

　そう言われて、事務局長の顔がやや渋くなった。しかし彼女はそれでも、

「……登記上では、確かに——まったく何の痕跡もなく、建築作業に従事していた会社も、何の取引もしていませんでした——ですが」

「なにしろ偽装に掛けては〃業界〃一だったからな、あの男は――」

　おそらくは、とんでもなく深く、暗い世界のことをこの老人は単に〃業界〃呼ばわりした。

「死んでなお――いや、死んでからの方が騒ぎが大きい。とにかく、寺月《てらつき》の奴が少しでも噛んでいたとなれば、その件に関しては一切近寄らないことが最善の策だ」

　言いながら、しかし老人のその人物のことを語る口調は、どこか親しい友人の悪口を言うときのようだった。

「いずれにせよ、サーカム保険に任せてしまった方がいいようだ」

　そう言って久既雄がかすかに一息ついた、そのときのことだった。

　学長室の重い扉が、何の前置きもなく勢いよく開けられて、

「――あら、らしくもありませんのね？」

という若い女性の声が室内に響きわたった。

「仮にも東澱久既雄ともあろうお方が、危なそうだからという理由で、興味深い事態から手をお引きになるのですか？」

　その女性は、そういう人間であればこの場所の近くにはいくらでもいた。なにしろここは大学なのだから、女子大生などは掃いて捨てるほどいる。

　だが――ただの女子大生ではない。それは彼女の姿を見た事務局長の顔色が一変したことからも明らかだった。

「――お、お嬢様!?」

「ど、どうして急にこちらに……？」

「わたくしがこの大学に入るとき、あらゆる場所は自由にすると宣告したのを、もうお忘れになった訳ではないでしょう、ねえ、お爺さま」

　そう言って、彼女はそんなに長くもないスカートの裾《すそ》をやや強引につまんで、まるで旧世紀のアメリカの南部令嬢《サザン・レィディ》のような気取った態度で久既雄に会釈

してみせた。

彼女の名は東澱奈緒瀬《なおせ》。

戸籍上でしっかりと老人の直系の家系に名を連ねる孫娘だった。

一目で金持ちの娘だとわかる、金の掛かったファッションに、ヘアカットに、そして何よりも雰囲気に、富裕の匂いが絡みついているかのような、そんな娘だった。顔立ちも、嫌味なほどに整っていて、はっきりと美人と呼ぶしかない。

「奈緒瀬か――そろそろ来るかと思っていたが、割と早かったな」

「お爺さまのご期待にはいつでも応える所存でございますわ、わたくし」

奈緒瀬はかるく首を振った。

「お、お嬢様、今は御前と重要なお話がありまして――」

事務局長のおろおろとした言葉に、奈緒瀬はきっぱりと、

「知っているから来たんだ――余計な口出しは無用だ」

と、唐突に厳しい声で言った。女言葉ですらない。知らない者が見たら多重人格を疑いかねない態度だった。

「は、はっ――申し訳ありません――」

事務局長は恐縮したように引き下がった。

久既雄は、これを薄い笑いを浮かべながら見ている。やがて老人は、

「他の者は下がれ――奈緒瀬に話がある」

と静かな口調で言った。

逆らうものなどいようはずもなく、彼らは皆すごすごと引き下がった。

ドアが、今度は慎重に、無音でゆっくりと閉ざされて、後には祖父と孫娘だけが残された。

すると東澱は、懐中から小さな装置を取り出した。携帯電話に似ているが、それよりもさらに小型だ。

何やらスイッチを入れて、テーブルの上に置く。

そして穏やかな表情のまま、

「おまえの盗聴装置は、これで妨害させてもらう。仮に外から声を拾っていても高周波反響で録音できないから、そのつもりでな」

と不穏当きわまる発言をした。

「あら――」

言われた孫の方も、平然と肩をすくめる。

「それはまた、ずいぶんと慎重でいらっしゃること」

盗聴していることを、否定さえしない。

「おまえはなかなか優秀だ――少なくとも、時雄《ときお》や壬敦《みつる》などよりも自分の周囲を固めることに対して注意を怠《おこた》っていない」

老人は他の孫たちの名前を口にした。それからさらりと、

「現時点では、東澱の名を継ぐのに一番近いところにいるのが、おまえだ」

と、おそらくはその一言でこの国のみならず、世界の至るところに影響を及ぼすであろうことを、いとも簡単に言った。そして孫娘の方も、大して嬉しそうな素振りも見せずに、

「そうらしいですわね」

と、けろりとした顔で言った。

「しかし、女の分際で――というような感懐は、お爺さまはお持ちになりませんか。世の反撥《はんぱつ》も大きいと思いますし」

「そんな軋轢《あつれき》は逆に利用するだろう、おまえなら」

老人のあっさりとした言葉に、孫娘はふう、とため息をついた。

「少しはお怒りになってくださってもよろしいのに――可愛い孫娘を修羅の道に突き落とすようなことを、平気でおっしゃるんですから」

それは祖父に甘える孫娘の声ではあったが、その内容はそんな平和なものとはおよそかけ離れていた。

「さて——本題だが」

老人は素っ気なく話を進めた。

「おまえは〝事実〟ということをどう捉えている？」

「え？」

唐突に過ぎたので、不敵な奈緒瀬もやや虚を衝かれて、きょとんとなる。

「何のお話ですか？」

「例の、ペイパーカットとかいう者の話だが——あれは〝事実〟だ」

老人は断定した。

「キャビネッセンスを奪って人を殺戮《さつりく》する、と保険屋どもが言っていた、あの言葉に嘘はない」

「——ちょっとお待ちください、お爺さま。それはあまりにも突拍子もないお話ではありませんか？要はあれは、大切にしているお守りを取られたら死んでしまうというような、呪術じみた戯言《ざれごと》ではないのですか？　なにかの偽装なのでは——」

「…………」

老人は即答せずに、奈緒瀬を静かに見つめた。そして言った。

「秋葉晋平が、東澱久既雄に出会ったときに、そこで何が起きたのか——誰も知らぬ」

その名前が出てきて、奈緒瀬の顔に緊張が走った。

「そうだ、おまえたちの本当の祖父が、儂と戸籍も家族も、そのすべてを取り替えたときに、何が起きたのか——儂と奴しか知る者はこの世にはいないはずだ」

「……わたくしとしては、お爺さま以上の愛情も敬意も、その秋葉晋平として死んだ男には抱けないのですけれど」

孫娘はやや不愉快そうに言った。彼女は、現在生き延びている一族の中でその過去を知っている唯一の存在でもあった。この二人はよく似た雰囲気と表情があり、どう見ても祖父と孫であるが、血のつながりという点では、まったくの無縁――しかし、それ以上に濃いものが間に流れていた。

　老人は、この孫娘の好意ある抗議を無視して、話を続けた。

「奴と初めて会ったときに、奴は途方に暮れていて、絶望していた――後で聞いたところによると、実際に線路に身を投げて、貨車に轢《ひ》かれて死ぬつもりだったらしい。そこに儂が来た。儂は一目でわかった――好都合だと」

　彼の口元には微笑が浮いている。懐かしい昔話をする老人そのままの顔つきだ。

「儂は、できるだけ優しい声を掛けてやった。奴はぼんやりとした顔を上げた。その唇ががさがさに乾《ひ》涸《か》らびていたので、儂は〝これで少しは唾《つば》を出せ〟と言って一個の飴玉を奴にやり、それから身分を取り替える取引が始まった――確か、蜜柑《みかん》味の飴玉だった」

「…………」

　奈緒瀬は無言でその告白を聞いている。

「儂にとってはどうということのないものだったが――奴にとって、その人生にとって飴玉がどんな意味を持っていたのか、それは奴にしかわからないだろう。いや――本人も理解していなかったかも知れぬな」

「それが秋葉晋平が死んでいた現場から、オレンジ味のキャンディードロップが消えていた理由と符合する、とおっしゃるのですか」

「理由など知らぬ」

　東澱久既雄は淡々とした口調を崩さない。

「おまえも特殊相対性理論の全容など知らぬし、理解もできていないだろう。しかし原水爆はこの世に歴然と存在し、それがもたらす結果も、既に実証済みだ――脅威を前に理由を問う必要はない。事実が歴然と、そこにある――見る者によってその姿を変える怪盗ペイパーカットは本物であり、生命と等価値の物体キャビネッセンスが奪われれば人は容易《たやす》く死に至るのだ」

「…………」

奈緒瀬は老人の、彼女の祖父の眼をまっすぐに、覗き込むようにして見つめた。

そこには狂気の気配が欠片《かけら》もない。

(……いや、逆になさすぎる――というべきか、この場合は)

彼女は心の中で、盛大なため息を吐いた。

この人は、足元を掬《すく》われないために、そのためだけに強大な権力を獲得し、そして行使し、抑制している――それは確かに正気の産物だったが、そもそも人の権力欲は大半が狂気に類したものである以上、その渦中で唯一人正気であるというのは、これはある意味で誰よりもイカレているということに他ならない。

「首を突っ込んできたのはおまえだ、奈緒瀬。だからこの件はおまえに任せる」

静かな声で、祖父は孫娘に告げた。一方的に上から命じられたような形になった。

おそらくはもとよりそのつもりであったであろう奈緒瀬は、しかしそれを言い立てるほど単純な自尊心は持ち合わせていなかった。

代わりに言った。

「要するに――ペイパーカットの脅威に、わたくしがお爺さまの盾《たて》になれ、とおっしゃるのですか」

すると老人は、ここではじめて――やや悪意のある、見るからに闇の大物といった感じの力強い眼光を煌《きら》めかせて、恐ろしい微笑を浮かべた。

「奴は、儂には興味がないらしい――」

そのような祖父の微笑みを、奈緒瀬は前にも何度か見たことがある。

そして、その度に彼女はゾッとしつつも、こう思うのだ――

〝この力強さを己のものにできるならば、他に何物もいらない〟

――と。それが彼女の行動原理であった。単純きわまりない、しかし他に類似の者がいるとも思われないゴッドファーザー・コンプレックス。

そんな、頬をやや紅潮させている孫娘に、東澱久既雄はうなずいてみせた。

「ペイパーカットが何者で、何を目的とし、何をもたらすのか――それが利用できるものなのかどうか、その辺の判断も、そして対処もすべて、おまえに委《ゆだ》ねよう。好きにしろ」

「わかりました。テストのようなものだと思って、お引き受けいたしますわ」

彼女は胸元に手を当てて、一礼した。

そしてきびすを返して、学長室から外に出る。扉の向こうはまだ応接間である。

すると不安そうな顔をして待っていた事務局長たちが、やや離れたところから、おそるおそる、

「あ、あの……」

と声を掛けてきた。

彼女はその彼らに冷ややかな眼を向けて、

「こちらの話は済んだ。お爺さまの所に早く戻れ」

と言い、事務局長たちの背筋がぴいん、とまっすぐになった。

「は、はいっ！」

「この大学内で失礼があったら、貴様らに明日はないと思え」

と恫喝《どうかつ》以外の何物でもない言葉を言い捨てて、彼女は応接間から回廊に出た。

そのまま流れるように携帯電話を出して、歩きながらどこかへ通話する。

「――こちらは東澱というものですが、社長の楢崎《ならさき》不二子《ふじこ》さんをお願いします。ええ、そうです――ああ、不二子さん、お久しぶりです、奈緒瀬です――」

彼女は気軽な、そして気安い口調である。通話先は友人らしい。相手によって言葉遣いをコロコロと変える娘ではある。

「不二子さんも大変ですよね。伊東谷《いとうや》さんもお亡く

なりになってしまったし――ええ、実はですね、確か不二子さんの会社では、みなもと雫のトリビュート・ライブにスポンサー協賛していましたよね――ああ、名目上でもかまいません。大した話じゃないんですよ。ただ――関係者ID付きのフリーパスぐらいは手に入るでしょう？」

2

――ペイパーカット、ペイパーカット……変な呼ばれ方だ、きっと変な奴に違いない。

そいつはそう思っていた。

どこでそいつが、それのことを知ったのか、自分でもよくわからなくなっていた。もうだいぶ前から、そいつは自分のことについてまともに考えるのをやめていたのだった。

ペイパーカットだって？

馬鹿馬鹿しい。

そんなものがこの世に存在するものか。いたとしても、とんだペテン師に決まっている。

だが考え方は気に入った。

誰にでも大切な、生命と同じだけの価値があるものがあるって？

そうだ、その通りだ。

その意見には全面的に賛成だ。

だが――ひとつだけ納得できないことは、ほんとうに大切なものは、決して、どんな奴にも奪うことはできないということだ。

そうとも、決してだ。

そいつにとって最も大切なもの――それについては考えるまでもない。

彼女の歌声だ。

あの天使のような歌声。

今はもう失われてしまったが、しかし人々の心には永遠に残るあの美しい歌声。

あれこそがそいつにとって、この世の何物にも代えがたい、生命よりも大切な宝だ。

だから――それを汚すことは許さない。

誰でも、何人でも、絶対に――邪魔をする奴は許してなるものか。

誰か一人？

誰か一人だって？

ペイパーカットとやらも、ずいぶんと生ぬるいことを言っているようじゃないか。

一人なんてケチケチしていたら、大切な宝が守れないじゃないか。

大体、紙切れが一枚では大して力がないだろう。ポーカーでも札は何枚か揃えなければ役にならない。たとえジョーカーであっても、他がブタだったらワンペアにしかならないじゃないか。

ならば自分は四枚揃え《フォーカード》とでも名乗るか、とそいつは考えた。

そうだ、この自分はこの世で最も大切な宝を守るためには、手段を選ばない――怪盗などというちんけなものではない、選ばれたる戦士〝フォーカード〟なのだ――。

＊

伊佐俊一と千条雅人の目の前で、ライブの進行に関する打ち合わせが始まった。

「……だから曲目の都合上、もう五分もらえないかとウチの玲二《れいじ》は言っていまして」

「そりゃ無茶だ。ただでさえ時間が押しているのに。今頃になってそんなことを言われても困りますよ」

「しかし――なんとか全体を見直していただけないでしょうかね」

「ちょっと待った。それならウチのも時間が短すぎましたよ。せめて二十五分は割り振ってもらわないと」

「それこそ今さらでしょう。第一、演奏曲目がこっちと被っているくらいなんだから、むしろおたくは減らすべきですらあって――」

「なんだと？　なにふざけたこと言って――」

……喧々囂々《けんけんごうごう》と、非常にもめているようだった。

「……やれやれ」

伊佐はスーツの中で肩をすくめた。

ミーティングを一度見ただけで、このイベントがかなり見切り発車で始められたことがよくわかった。事前の細かい調整も、全体を統括する強力なプロデューサーもいない。そういう意味では確かに金儲け優先で始められたものでもなさそうではある。

（企画が通ってしまったんで、各企業がなんとなく辻褄《つじつま》を合わせているって感じだな）

横に立っている千条が、

「議事進行が先程から滞《とどこお》っているようだけど？」

と伊佐に耳打ちしてきた。

「ああ……みたいだな」

「僕が、要点をまとめて皆に提示しようか？」

部外者の癖にそんなことを言った。

「だから、さっきも黙ってろって言っただろう。別にこいつらは、ここで問題を解決しようなんて思っていないから、いいんだよ。会議をしたっていう名目を立ててるだけなんだから」

「？　それはどういうことだい？」

「説明は面倒だ――あとで覚えていたら、解説してやる」

「お願いするよ。どうも理解に苦しむ」

千条の口調は、ほんとうに馬鹿丁寧としか言いようがない。

彼はしばらく皆のすったもんだを観察していたが、また耳打ちしてきた。

「――しかしイベントの実行まで、五日しか余裕がないのだけど、こんなことを今から論じても手遅れではないのかい？」

「ああ、手遅れだろうな」

「それではまずいのでは？」

「この手のイベントで、予定通りにプログラムが進行することなんて滅多にないから、いいんだよ。客だってそんなに怒らない」

「――理解に苦しむよね」

「苦しんどけ」

面倒くさくなって、伊佐は投げやりに言った。

すると千条は真顔で、

「うん、判断を保留し、この懸案事項を一時凍結し、思考領域から排除するよ」

と言った。わかりやすい言葉で言うならば〝こんがらがってきたから、考えるのやめた〟というところだろう。

そして再び、イベントの準備に忙しく立ち回っている周囲の人々の方に視線を向けて、監視し始めた。

ひとりをじっくりと見つめ続けるわけでもなく、次から次へと人から人へ視線を移していくので、端からだとそもそも人を見ているのだということにすら気づけまい。ちょっと首が動いているか、という程度のささやかな、必要最小限の動きだ。

もっと正確に言うならば、個人を見ているわけですらない。見ているのは、人と人との距離の取り方――その相関図を検討しているのだ。

「――どうだ？」

今度は伊佐が千条に訊く。

「やはり異常はないようだ。誰かと誰かの間で認識のズレは見られない」

「ペイパーカットは紛れていないか――」

「現時点で我々が接触した人間の中で、その可能性がある者はゼロだ」

きっぱりと断定した。伊佐はかすかにうなずく。

「来るならやはり、直前だろうな――事前に仕込んでおいたという過去の例はない」

「その類例は、立証することが難しいので、判断からは除外すべきだと思うけれど？」

千条の反論に、伊佐はさらに投げやりに、

「じゃあ〝勘〟だ。俺の勘で、そう思う」

と言った。

「そいつは立証できないね、確かに」

これまた大真面目にうなずく。

そのとき、会議が煮詰まってやや中断したようだった。皆の空気がややだらける。

そこで伊佐が、えへんえへん、と咳払いした。

「——ああ、そうでした」

イベント会社の者で、伊佐たちのフォロー役でもある御厨があらためてうなずいた。

「一連の脅迫状の件に関して、サーカム保険の方から注意があるそうです」

彼女の言葉に、皆がじろり、と伊佐たちの方を見る。さっき一通りの自己紹介はしたが、やはりその眼はいちゃもんを付けてくる余所者に対するそれだ。ただでさえ伊佐のサングラス姿は、よく東洋ギャングの類《たぐい》に間違えられる。

「基本的には、君たちがいつもやっているライブのときの危険性と大差ないのだが——今回は必ずしも、危険が客席側から来るとは限らないので、その辺を注意してもらいたい」

元警官らしい、安定感がありながら、どこか脅《おど》しているような物言いは伊佐の得意とするところだ。

「そいつはどういう意味だ？　同業者に妨害でもされるってのか？」

やけに太った男がむすっとして口を挟んできた。

伊佐はそいつを直接は見ずに、

「その可能性もあるし、それ以外の可能性もある」

と突き放した口調で言った。

「間違えないでもらいたいのだが、別に我々には、君らを保護する義務はないのだ。君らの過失が保険金支払い対象となるような事態につながった場合は、容赦《ようしゃ》なく責任を追及させてもらうので、そのつもりで。とにかく、我々の試算では、今回のライブで何らかの形で人為的故意の過失が起きる可能性が高いとされたので、ここに警告しているのだ」

彼がもっともらしいことを言っている横では、千条がまったくの無表情で突っ立っている。本人にそのつもりは皆無でも、背の高い彼の直立不動姿勢はこういう場合、ある種の威圧効果がある。

むっ――と皆がやや気圧《けお》されて、押し黙る。

「それで――皆さんの中に、これに見覚えのある方はおられるかな」

と言って伊佐が出したのは、例のペイパーカットの予告状と思《おぼ》しき紙切れだ。ビニール袋に入れられていて、なんとなく物々しくしてあるのは、その方が人に見せるときに迫力が出るからで、指紋や検出物などはどうせ、何も出ない。

「えー？　どれどれ……」

と言って最初に手を出したのは、さっきの太っちょであった。仕事熱心らしい。

だが、伊佐の手から彼の手に紙切れが渡りそうになった、そのときであった。

……びきっ、
という妙に鈍い音が、彼らの頭上から響いてきた。

伊佐はちら、と反射的に上を見て――その顔色が一変した。

「――逃げろ！」

怒鳴って、彼は目の前のテーブルを蹴っ飛ばした。

そして同時に横にいた千条が、すっ――と動く。

「――わっ！」

ミーティングに集まっていた者たちが、びっくりしてその場から飛び退《の》いたが――一瞬、遅かった。

彼らが離れきる、その直前に天井から鉄骨が落ちてきて、皆がいたところに大音響を立てて、直撃した。

ぐしゃり、と伊佐が蹴っ飛ばして宙を舞っていたはずのテーブルがその下敷きになって、潰れて――

そして、

「……ぐええええ……っ！」

　といううめき声が、ざわめきの底の方から響いてきた。

　鉄骨の一部が、さっきの太っちょの脚に重なっていた。

　だが——その反対の端を、一瞬早く飛び込んでいた千条が、かろうじて肩で受けとめ、支えていたので、脚はなんとか潰されてはいなかった。

　だがその臑《すね》が、わずかに、しかし確実にあり得ない角度に折れ曲がっていた。

「——痛いでしょうが、後ずさって、自分で抜いてください」

　鉄骨を支えたまま、千条が無表情に言った。しかし太っちょはショックでがたがた震えていて、動けそうもない。

「ちっ——」

　伊佐は、彼もテーブルを飛ばして皆を逃がしたときに腕の辺りに怪我をして血を滲ませていたが、太っちょのところに駆け寄り、鉄骨の下から骨折した脚を引き抜いた。

　弱々しい悲鳴が、また上がった。

「…………」

　周りの者たちが唖然としているのを無視するように、千条がむしろのんびりとすら取れる声で、

「誰か、救急車の手配をお願いします」

　と言って、自分は支えていた鉄骨を、どん——と下に落として、調べ始めた。

　それはステージ裏の梁《はり》の一部のようだった。舞台を大きく取るときには、照明を固定したり装飾を施したりする支えになるところだ。

　そのボルトが——いくつか外されていた。自然に弛《ゆる》んだのではあり得ない、ペンチなどで無理矢理に捻《ねじ》った跡《あと》がしっかりと残っていた。

「——なるほど」

　千条はうなずいた。

周りの人間は、その千条を眼を丸くして見ている。

今——落ちてきた鉄骨は大変に重い物だ。現にその下敷きになった脚が折れているのだ。

それを今、この男は肩で落ちてくるのを受けとめて、支えたのである——それなのに、

（い——痛く、ないのか……？）

見た目は細くとも、実は凄く鍛えているのかも知れないが、それにしても、痛みぐらいは感じて呻《うめ》いたりその箇所に触ったりしても良さそうなものだ。

それが、まったく——。

そして伊佐の方は、脚を押さえて痛い痛いと言っている太っちょに、

「しっかりしろ。衝撃で骨がイカれただけで、幸い動脈も神経も切れていないようだから、何ヶ月か入院してれば完治する怪我だ——」

と言ってやってから、こっちは傷口を素直に痛そうに押さえつつ立ち上がり、千条のところに来た。

「——どうだ？」

「警察の現場検証があるだろうから、これ以上は触れないけど——これを見てくれ」

と言って千条が指さした先には、ボルトが外された穴があいていて、そのすぐ横には粘着テープが貼り付けられていた。

そのビニールテープの表面には、黒いマジックインクで、くっきりとこんなことが書かれていた——

〝彼女の歌を汚す者には、４ＣＡＲＤの裁きが下るであろう〟

——と。その書き殴ったような筆跡に伊佐は見覚えがなかった。

「こいつは……」

「ああ——確実に、ペイパーカットではないようだね」

千条はうなずいた。

「このライブには〝敵〟がもうひとつ存在しているのが、これで明らかになったわけだ」

淡々としたその言い方には、腹が立ってくるほどであった。

「――な、なんなんですか、これって……？」

後ろの方で、御厨が茫然とした声を上げた。それはその場にいた全員の代弁でもあった。

その一言をきっかけにして、周囲はにわかに騒然となっていった。

そして、なんだなんだと集まってきた人々の中で、頭にバンダナを巻いた、他の者よりも明らかにルックスがいい男が、

「あれ？　こいつは――」

と言って、騒ぎで飛び散った物のひとつに手を伸ばしていた。

それは、ビニール袋に包まれているペイパーカットの予告状であった。

「確か、これって――」

そいつが首をひねっているのに、伊佐は気づいた。

「――おい、そこの！」

強い声で呼びつけ、そしてそこに詰め寄る。

「え？　何すか？」

そいつは少し驚いた顔をして、伊佐の方を見つめ返してきた。

「おまえは誰だ？」

「はあ？」

訊かれて、男はぽかん、とした顔になった。

「なんですか、そりゃ」

抜けた声で言い返される。

「誰かと訊いているんだ――その紙切れに見覚えがあるのか？」

なおもするどく問いつめようとすると、後ろから慌てた御厨が飛んできて、伊佐の肩を摑んだ。

「ち、ちょっと困りますよ！　す、すみませんジェットさん。この人は保険会社の人で――」

「ええ、らしいっすね――ちょっと話聞いてましたから。いや、気にしないっすよ」

ジェットと呼ばれた男は、軽い調子で顎をしゃくって見せた。

「――ジェット？」

その名前は聞いたことがあった。芸能人だ。確か〈灰かぶり騎士団〉とかいうふざけた名前のバンドの、リーダーの名前だった。派手なメイクをした顔しか印象になく、目の前のすっぴんの男がそうだとはちょっとわからなかった。

「あんたも、ライブの参加者の一人ってことか？」

「まあ、そっすね」

ジェットは飄々とした顔である。ちら、と倒れている太っちょの方を覗き込んで、

「高木《たかぎ》さん、大丈夫っすかね――」

と適当な調子で言う。

「いいから質問に答えろ」

伊佐はまた詰め寄る。

「おまえは、そいつに見覚えがあるのか？」

後ろではずっと御厨が、ぐいぐいと伊佐の裾を引っ張っている。

「ち、ちょっと困るんですよ――」

灰かぶり騎士団の参加は、ライブの目玉のひとつだ。そのリーダーの機嫌を損ねたくないのは当然であろう。

「ああ、ああ――かまわねーよ御厨さん。この人も仕事なんだからさ」

ジェットが言うと、御厨は「は、はあ――」と恐縮した顔のまま引き下がる。

「で、こいつがなんなんですか。脅迫状にしては迫力のない奴だなあと思ったんですがね」

と言って、手の中の紙切れをひらひらとさせる。

「見覚えがあるということは、おまえが最初に発見したのか？」

「いや、俺じゃなくて――あれはさあ、三日前だっけ？　偕ちゃんが遊びに来たのは」

横にいるスタッフに訊くと、そうでした、という返事が複数返ってきた。この男の一言一言を、周囲の者たちが注意して聞いているのだった。

「偕ちゃん？」

「そう、で、偕ちゃんがなんか〝拾ったんだけど、なんかおかしくねえか〟とか言うからさ、俺も見せてもらって――まあなんか悪戯っぽいから、マネージャーに言って警備の人んところに渡してもらったんだよ。あんたたちのトコまで行ったの？　そんなに信憑性《しんぴょうせい》ある感じでもねえけど――こいつと関係してんの？」

と言って落ちてきた鉄骨の方に目をやって、肩をすくめる。

「なんとも言えない――偕ちゃんというのは何者だ」

この質問には、周囲の者たちから答えが返ってきた。

「偕矢《かいや》さんは、昔みなもと雫のバックバンドをやってたギタリストです――今回は不参加なんですが。この前ちょっと近くまで来たって言って、顔を出してったんです」

「部外者を入れたのか？」

「いや、あながち部外者って訳じゃねえからさ、偕ちゃんは」

ジェットが言ってから、ちょっと顔をしかめた。

「なに、偕ちゃん疑ってんの？　やめてくれよ――俺が言ったせいなの？」

「それなら、おまえも疑っている」

伊佐はきっぱりと言って、彼の手から予告状をひったくるように取り返した。するとジェットは大声で笑い出した。

「いいねえ、それ！　遠慮ないねえ。あんた気に入ったよ」

「そいつはどうも」

伊佐はうんざりした口調で言った。すると背後にいつのまにか来ていた千条が、

「なあ伊佐、調査もそうだが、そろそろ君もその傷の治療にかかった方がいい」

と言った。

「ああ――おまえの肩は？」

「外傷はない。多少筋繊維が切れて、内出血もあるようだが、どちらにしても骨格と軟骨に異常が出ているかどうか調べる必要があるから、応急処置レベルではすることはない」

「そうか――」

それから耳元に口を寄せて、

「少しは痛がってみせろ」

と言った。しかし千条はこれには無表情に、

「危険物への対処が最優先だったから、表情までは処理が追いつかないよ」

と、ごく普通の口調で言った。

それとほぼ同時に、どたどたと白衣を着た救急隊員がやってきて、足を折られてうーうー唸《うな》っている太っちょを担架《たんか》に乗せ始めた。彼らは伊佐の方も見たが、

「こっちは自分でやるから、いい――千条、後を頼む」

と伊佐はその場を離れていった。

3

さっきの中央管理室に、赤十字が描かれた救急箱が置いてあったので、伊佐はまずあの部屋に戻ることにした。

入ってみると、さっきは大勢の人間がいたが、今は誰もいない。出入りが激しいようだ。

（確か、こっちの方に――）

と思いながら、彼はパネルで区切られた部屋の奥へと向かった。

その足が、途中で停まる。

誰もいないと思っていた部屋には、一人の女が待っていた。

「お探しの物は、これでしょう?」

そう言って話しかけてきた女は、一見すると普通だが——シックにまとめられたそのファッションやスタイリングは、恐ろしく金が掛かっているのが見る者が見ればわかった。もっとも伊佐はその辺のことはわからない。だが——顔なら知っている。さっきの芸能人など及びもつかぬ、その筋での超有名人だ。

「東澱奈緒瀬さん——こんなところで何をしている」

上の騒ぎを聞きつけて、先回り……するにはちょっと早すぎる。おそらくは上と通話できるインカムや監視カメラを利用したモニタリングだ。ここには色々な場所のことを知るシステムがあるのだろう。

問題は、この女がそのシステムを一人で占領して、好きなように使えるらしいということだった。

「あら——」

奈緒瀬は手にしていた救急箱を開けた。

「今は、あなたの治療をしてさしあげようと思ってるんだけど」

意外なことに、てきぱきとした動作で包帯やら消毒液やらを取り出して、テーブルに並べた。

「結構だ——自分でやれる」

「包帯を巻くのには、手が二つあった方がしっかりと巻けるわよ?」

にやにやしながら奈緒瀬は言った。そしてほんとうに、伊佐の上着を脱がせて、腕を取って消毒作業を始めた。

慣れた手つきで、液を浸《ひた》した脱脂綿《だっしめん》をピンセットで操る。ガーゼに二次感染防止用の抗生物質軟膏《なんこう》を塗りつけて、それをテープで留める。

ほとんど看護師のような、実務的で見事な手際である。

「お嬢様はどこで習うんだ、こんなものを?」

訊くと、奈緒瀬はふふっ、と笑って、

「医者に行けないような怪我をする危険は、わたくしのような立場の者ではありふれたことですから」

と、しれっとした顔で言った。

「爺様に言われて、調べに来たのか――」

伊佐の問いには、奈緒瀬は答えなかった。包帯を巻き終えると、彼女は離れ、電気のスイッチのところに行くと、これを切った。

たちまち暗闇が落ちたが、完全な闇ではなく、非常灯の薄明かりがぼんやりと周囲を照らし出している。

「わたくしが、とりあえず興味があるのは、あなたよ――伊佐俊一」

そう言って、彼女は伊佐のところにふたたび歩み寄ってきた。

「…………」

伊佐は包帯を巻いてもらった腕をさすりながら、動かずに彼女を待つ。

彼の目の前に立ち、奈緒瀬はその顔に指を伸ばし、そして頬に触れる――と思いきや、さっ、とそのサングラスを取った。

薄闇の中、彼女は光に弱い彼の瞳を覗き込む。

「へえ、ほんとうに色が違うのね。白濁――っていうよりも、これは……」

伊佐は逆らわず、そのまま奈緒瀬を見つめ返した。

「そう――銀色、って感じ。自分でしげしげと見たことはあるのかしら」

「視力が弱っているから、眼鏡を外せばろくに見えない」

淡々とした口調で言う。しかしすぐ側まで寄っている奈緒瀬の顔は見えているようだった。

「これが、あなたが一年前の事件で受けた屈辱のしるし――というところかしら。それとも生き延びられただけでも幸運だと思う？」

「…………」

伊佐は返事をせずに、無言で奈緒瀬を睨みつけるように、見据え続ける。

「ふふっ――」

奈緒瀬はサングラスを戻し、そして電気をつけた。

「なかなか冷静な方のようですわね。だからサーカム財団はあなたをペイパーカット狩りのメンバーに選んだのかしら？」

「自分が選ばれた理由は知らないな。調べはついているようだから、あんたの方が詳しいんじゃないのか」

伊佐は上着に袖を通しながら言った。

「ええ、あなたはだいたい見当がついているのだけど、あなたの相棒――あの千条という方が、どうも……」

と彼女が言いかけた、まさにそのときであった。

ドアが開いて、その当の千条雅人が顔を出した。

「伊佐、一応の処理は済んだか……」

と言って、一歩、その足が室内に入った――その瞬間だった。

――がくん、
とその身体が突然、動きを停めた。それはまるでからくり人形の動力が切れた瞬間のように、唐突に停まった。

片脚を上げて、歩いている途中そのままの姿勢で、千条は床に倒れ込んだ。

表情も固まっている――眼も開いたままだ。

「な――」

そのすぐ横で、電気のスイッチを入れるために入り口の近くに立っていた奈緒瀬が茫然としている。

「――！」

伊佐の顔色が変わった。

「おい、おまえ――何を持っている！」

すごい勢いで、奈緒瀬に食ってかかった。

「え――」

「なにか電子機器を持っているだろう！　強い電磁

波を出しているような――」

言われて、奈緒瀬の視線が一瞬胸元に降りた。するとすかさず伊佐の手がそこに伸びて、彼女のポケットに入っていた小さな黒い機器を取り出した。

それは、盗聴器や集音器を無効化するジャマーであった。彼女がこの部屋に来たときに、用心のためにスイッチを入れておいたのだ。

「――――」

訳がわからず、奈緒瀬は啞然としていたが――その眼が床に倒れている千条の顔の上に落ちたとき、頬が強張《こわば》った。

動かないはずの千条の眼が、彼女の方を向いていた。

それは異様な眼光だった。彼女がこれまで見た、他の何者よりも――祖父のそれよりも、底知れない凄みのある、恐ろしい光がそこにはあった。

その口元だけが　かすかに動いて、何かを語りかける――

〝――おい、女……せっかくだが、まだ戻るのは、早いのでね……〟

そんな風に言われたような、そんな気がした。そして、その眼が、異様な光を放っていて――

「………！」

奈緒瀬が思わず身を引こうとした、その瞬間に伊佐が機器のスイッチを見つけだして、これを即座に切った。

それと同時に、千条の身体がびくん、とまた動きを取り戻した。

「――処理、処理は――処理は済んだから――」

その口から、さっきの言葉の続きが反復しながら漏れだして、手足が動いているような状態でばたばたと何度か動き、そして、急に……普通に戻った。

「――あれ？　これはどういうことだい？　僕は転倒したのか？」

大真面目な顔で、伊佐の方を見る。

「一時的な機能障害だ——回復したようだが、念のためにチェックしろ」

「了解」

二人は普通に対話しているが、当然——奈緒瀬には訳がわからない。

「ち、ちょっと——これはどういうことです？」

やや焦った声を出してしまう。これに伊佐が鋭い声で、

「こいつは一種の障害者で、身体にハンディを補助する装置が入っている——あんたの違法な機器のせいで、その機能が一部乱れたんだ」

と責め立てた。

「そ、そんな——そんなことは資料には書いてありませんでしたわ。第一——」

今の倒れ方は、心臓ペースメーカーの機能不全とかにしては、あまりにも異常すぎるではないか。呻きも苦しみもせずに、唐突に停止するなんて症状は聞いたこともない——それに、

「この人は、さっき倒れてるときに——わたくしを——」

おい女、とか何とか言っていたではないか——と言いかけて、しかし彼女はふいに気づいた。

伊佐には、今の声は聞こえていなかったのだ。そのことが自分を見つめる彼の、まっすぐで鋭いだけの視線を見て理解した。

では——今のは一体、何だったのか？

（まるで——この千条雅人って人の中に今、もうひとり別の誰かがいたみたいな、そんな……）

顔色が真っ青になっていたに違いない。その彼女を見て、伊佐が勘違いして、

「これからは気をつけてくれ——それと、このことは秘密だ。いいな？」

と怯えている相手に向かって諭《さと》すような口調で言った。

「え、ええ——」

奈緒瀬はうなずいた。とりあえず、そうするしかないような気がした。

「もう大丈夫です。問題はありません」

千条が、ほんとうに何事もなかったかのように立ち上がった。けろりとしていて、その呑気《のんき》とすら言える屈託のない顔には脂汗《あぶらあせ》ひとつ浮いていない。

「お嬢さん、ご迷惑をお掛けしたようで、申し訳ありませんでした」

奈緒瀬に向かって頭さえ下げてきた。

「いえ――」

奈緒瀬は、しかしまだ強張った顔で千条を、そして伊佐の方を見た。

「わたくしが不用意だったようで、そのことはお詫びしますが――ですが」

そしてちら、と伊佐の方を特に注視した。しかし、それ以上何も言わない。

「…………」

ん、と伊佐がその視線に気がつき、少し考え、それから手の中の電気機器に眼を移した。

「ああ――悪いが、こいつは預からせてもらう。調べなきゃならないんでな。苦情があるなら――」

「いいえ、別に――進呈しますわ。どうせ、お爺さまが持っているのを羨《うらや》ましいって思って、真似して造らせた模造品ですから。品質が悪かったんでしょう」

奈緒瀬はそう言った。この男に、ほんとうに伝えるべきかどうか迷ったことについては、これで言うタイミングを逸してしまった。

「そちらの方――千条さん？」

「はい。東瀬奈緒瀬さんですね？　こちらには、やはり調査にいらしたのですか」

「ええ――そのつもりだったけど」

「お薦《すす》めいたしかねますね」

「やるのは勝手だがな――悪いがこっちにはあんたを守る余裕はないから、そのつもりで」

伊佐は素っ気なく言い、行くぞ、と千条を伴って上の騒動の場へと戻っていこうとした。

そして、ちら、と後ろを向いて、

「怪我を診《み》てくれたことには、感謝する」

と言って、そして去った。

「失礼します」

千条も会釈した。その態度は模範的な紳士という感じで、怪しい感触は皆無だ。しかし――

（しかしさっきのあれは、まるで――）

ぶるるっ、と奈緒瀬の背にあらためて寒気が走った。

彼女があのとき、一瞬だけ見た千条雅人の、あの眼――それは、喩《たと》えるならば、

（まるで――もちろんそんなもの見たことはないけれど、でも、まるで――）

吸血鬼というのは、ああいう眼をしているものではあるまいか――彼女はそう思ったのである。

（……これは、どうすべきか）

このお嬢様は、らしくもない緊張の面持ちで、ひとり考え込んだ。

（わたくしの使命はペイパーカット追跡のはずなんだけど……あの二人に――）

興味が湧いてきていた――それも、尋常ならざるほどの。

その口元には、祖父のそれとは微妙に異なる不敵な笑みが、いつのまにか浮いていた。

4

「――で、もらってきちまったのか……？」

目の前に置かれた、緑色の紙幣が詰まったスポーツバッグを前に、相良則夫は奥歯をかたかたと鳴らしていた。

「い、いやそうじゃないのよ。もらったわけじゃないの。これは――そう、預かっているだけ」

久美子も似たような顔をして、やはりその膝ががくがくと笑っている。

「ド、ドルって——いま何円だっけ——」

もちろん為替相場のことなどにまるで関心を持っていなかった則夫は、そのレートを思い出せなかった。さっき乗っていた電車の車内デジタル表示にそんな数字があったような気もするが、全然記憶にない。当たり前だ。そんなものいちいち覚えているはずがない。

「あ、あああ、預かっているって——だってこれって一億ぐらいあるんだろう？」

「そ、そう——らしいけど。でも仕方ないじゃない。アメヤさんはなんか取材に行くとかなんとか言って、まさか部屋に放っぽっとく訳にいかないから、預かってくれ——って言ったんだもの。そ、そう——アメヤさんが帰ってくるまでよ」

「そ、そうか——なるほど」

と納得したようにうなずいてみたが、しかし則夫には当然、まったく納得などできていない。

「——でも、どっから出てきた金なんだ？」

「知らないわよ——前から持ってたっけ？」

「いや、でも確か紙切れがどうのって、それが仕事だとかなんとか——そんな話は聞いたような、なんか……」

ほんの昨日のことなのだが、もう則夫にはアメヤと会ったときの様子がおぼろにしか思い出せなかった。

「外国から来たって言ってたから、それでかしら」

「しかし、普通は空港で金を円に換えるだろう。それに——」

確か、あまりにも大きすぎる額の現金というのは、外国に持ち出したり、国内に入れたりしてはいけないという法律があるのではなかったか。これもうろ覚えだが——。

うーん、と二人が唸っていると、その背後から急に、

「それに——そう、こんなに大きな額では、空港から外に出せないよ」

という声がしたので、二人は文字通り飛び上がって、仰天《ぎょうてん》した。

振り向くと、そこにはにこにこと笑う飴屋がいつのまにか立っていた。

「やあ、迷惑を掛けたね」

気さくな口調である。

「何度かノックしたんだが、応答がなくて――鍵が開いていたから、つい入ってしまって、失礼した」

と言って頭を下げて、それから、

「ああ、それとこの部屋の呼び鈴は壊れているみたいで、鳴らなかったぞ」

と親切そうに注意をする。

則夫と久美子は眼をぱちぱちとしばたいて、飴屋を指さしたり、その指を振ったり、首を縦や横に動かしたりと、かなりの挙動不審を見せた後、

「あ、ああ――アメヤさん？　そ、それじゃあこの金は――」

「もしかすると、偽札かも知れない」

「ええ？」

「しかし、本物である確率の方が高いだろう。偽物だったら、それこそ彼らは信用を失うことになるからね」

「か、彼ら――？」

二人が動揺していると、飴屋はまるでここが自分の部屋でもあるかのように、

「とりあえず、三人とも突っ立っていても仕方ないだろう。少し落ち着いていこう」

と言って腰を下ろした。則夫と久美子も、ぎくしゃくと座り込む。座れば座ったで、なんだか腰が抜けたようになって、立ち上がる気力がなくなる。

そんな二人に、飴屋が切り出した。

「なあ則夫、君はこのバッグの中の大金はどんな素性のものだと思う？」

説明もせずに、逆に訊いてきた。

「い、いやそんなこと言われても――」

「半端でない大金なのだが、その詰められ方は実に

乱暴だ。中にはくしゃくしゃな物も多い。しかもどういう訳か、みんな高額紙幣で、細かいものがない。こういう札束ともなんともつかない金というのは、どういうところで使われる物だろうね？」

噛み砕いた感じで訊き直されても、わからないものはわからない。

「だから……」

と言いかけると、飴屋はぽん、と手を叩いて、

「そう、バカラもある。ブラックジャックもあるな。もっともこれはポーカーで集めたものだがね」

とさらりとした口調で言った。

ぽかん、と則夫と久美子は口を開けていたが、やがて揃って、おずおずと、

「……つ、つまりその——カジノですか？」

「もちろん違法の、地下カジノだ」

飴屋は平然とうなずく。

「場に積み上げる札に、円を使うのではなく、ドルを使っているのは、銀行が裏にいるような、大金持ちの顧客ばかりを相手にする規模の大きいところに限られるがね」

「……え……えと」

則夫と久美子は顔を見合わせた。何を言ってるのかわかるようで、しかし全然わからない。

はじめて飴屋がこのマンションに来たときに、一緒にピザを食べて——飴屋は口に入れていたかどうかは記憶にないが——その後の夜中に、二人が住んでいる部屋の、隣の部屋を開けて、そこに泊まってもらったのだが——翌朝、久美子が訪ねたときにはそこにいて、CDを聞いていた。

ということは——カジノとやらに行ったのは、その夜中から朝に掛けてのことになる。そのわずかな間で、これだけの勝ちをかっさらってきたというのだろうか。

「——この辺には詳しくないんじゃなかったのか？」

「ああ、その通りだよ。別に裏のことまで精通はし

ていない。ずっと遠くの人間から聞いていた話を、少し参考にしただけだ――そいつは高飛びをして、もう二度と故郷には戻れない身だったから、本来は秘密の場所のことも割と平気で教えてくれたな」

　飴屋は静かに言う。

「それより則夫くん――君はこれをどうするかね」

「え？　ええ――じゃ、ほんとうに――」

「どうせ泡銭《あぶくぜに》だし、持っていても国外には持ち出せないし、君に進呈してもかまわないんだが」

「…………」

　則夫は口をもごもごさせた。

　どういうことなのか、まるで理解できない。

　もしこれが、彼がまだ親と喧嘩していて一人で安アパートで暮らしていたときのことだったら、一億という金を貰ったら夢のような気分になっただろうが、今では――借金の十二分の一に過ぎない。

（い、いやそういうことじゃなくて――ええと）

　そう、目的だ。

　どうしてこの人は、こんな大金をいともあっさりと、ぽんと行きずりの他人にくれてやろうというのか？

　怪しい。とても怪しすぎる。

　そんな則夫の思索に気づいたかどうか、飴屋は落ち着いた口調で、

「とりあえず、君に考えられる方策は三つほどあると思うのだが」

　と言った。

「三つ？」

「そう――ひとつはこの金を、負債を返すわずかな足しにするということだ。まあ普通だな。そしてもうひとつは、この金を持って夜逃げすること」

　無茶苦茶なことを、平然とした顔で言う。

「よ、夜逃げ？」

「そう――もっともマンションは持っていけないから、たぶん債権所有者の間で取り合いになるだろう。ああ、その場合は権利を放棄するという念書を

置いていった方がいいかな」

「ち、ちょっと——」

あまりのことに頭がついていかない。飴屋は淡々と、

「ドルを替えるのに多少は手間取るだろうが、まあそれだけの現金があれば、どこに行ってもそこそこの生活が数年は送れるだろう。その間に次の人生を考えてみるのもいいんじゃないかな」

「い、いや……そんな簡単に——」

則夫が眼を白黒させていると、横で久美子がおそるおそる、

「そ、それで、もうひとつっていうのは……？」

と訊ねた。これに飴屋は、

「どっちがいい？」

と逆に訊ねてきた。

「は？」

「常識的なものと、やや非常識なものと、ふたつほどあるが——このふたつは表と裏で、やることは結局同じだ。ただ君たちの、それに関わろうという姿勢が違う」

何を言っているのか、ちんぷんかんぷんである。

「じゃあ——常識的な方で」

すると飴屋は肩をすくめて、

「警察に通報する」

とあっさりとした口調で言った。

則夫と久美子は、そろって口をぽかん、と開けた。

「——え、えと——それはどういうことですか？」

久美子のうつろな問いに、飴屋は、

「一般的な市民の、それが通常の対応だろう？　警察に通報して、裏賭博で得た不法な大金がありますと言って私を突き出せばいい——君たちの前からトラブルは消えて、万事めでたしめでたしだ」

と、むしろ穏やかな調子で言った。

「……………」

もう何を言っていいのかわからずに黙ってしまっ

た二人に、飴屋は静かに付け足した。

「そして、非常識な方法でも、結局最後は警察の手を煩わせることになるのだが——過程が違う。通報するのは最後だ。その前にちょっとした下準備をしてから、警察を呼ぶ」

「下準備——」

茫然と反復する二人に、飴屋はうなずいてみせた。

「私は、色々と調べごとをしているわけだが——これも、その一環と言えないこともない。幸い当面の興味対象である、みなもと雫のトリビュート・ライブまではあと五日あるし——その間にケリをつけよう」

「あ、あの……」

久美子がおずおずと訊いた。

「さっき言ってましたよね——私たちの〝関わろうという姿勢が違う〟って……それって、どういう姿勢なんですか？」

すると飴屋はにっこりと笑って、言った。

「君たちは〝生命《いのち》〟というものをどう考えている？」

「……いの、ち——？」

「君たちは生命を持っているわけだが——たとえば、それが絶対的な危機に遭遇したときに、何を使って生命を守ろうとするか、ということだ。その姿勢だ」

飴屋のまっすぐな瞳が、こっちを向いている。

視線を向けている相手は二人なのに、そんなに距離が離れているわけでもないのに、どういうわけか二人ともそのとき〝自分だけが見つめられている〟と思った——誰でもない、この自分だけが。

「生命を守るのに、生命を使う姿勢があるか、ないか——要は、そういうことだ」

何がそういうことなのか、まったく不明であった。しかし——二人ともこの奇妙な自称〝物書き〟になにか説得されるものがあった。

自分の、それまでの人生が引っくり返りそうな瞬間に今、おそらく自分たちは立っている——そのときに、それまでの行動様式に従って、ただ流されるだけの決断をするか、それとも——そういうことになっているのだと、これは言葉でなく、心で納得していた。

「——で、でも……いや、警察にいきなり言ったりは、もちろんしないけどさ——」

則夫が戸惑いながらも言った。

「つまり、何をするんだい？」

そう訊かれて、飴屋は「ふむ」とかるく首を振ってみせて、そして、

「とりあえず、今までの話で出てきたことで、やれる方向性というのはひとつしかないな」

「今までの話、って——」

何かを導き出そうにも、およそまとまりのある内容とも思えなかったが。

「だから——私がこの金を奪ってきたカジノはその裏のスポンサーとして銀行があって、その銀行というのは、君らの債権者ともある程度は取引があって、金を貸したり借りたりしていて、そして——その銀行の社会的信用にかなりの確率で揺さぶりを掛けられるだけの、そこそこの金額が、しかも非合法カジノで使われていたドル紙幣のままの形で残っている、ということだ。ほとんど〝証拠〟のような形で、ね」

ゆったりと、どこかくつろいでいるかのような口調で飴屋は言う。

しかし、聞いている則夫と久美子は、くつろぐどころではない。

「ち、ちょっと——ちょっと待ってくれ」

さっきからこの言葉ばかり使っているような気もするが、しかしそうとしか言いようがないので仕方なく、飴屋の声を遮る。

「——つ、つまり——銀行を脅迫しろ、っていうのかい、あんたは……？」

これに飴屋は即答しなかった。その代わりに、ふいに思いついたように、

「そう言えば――例の銀行は、みなもと雫のトリビュート・ライブの行われるパラディン・オーディトリアムの建設出資者団体のひとつだったな――」

と呟いた。

CUT/4.
Dr.Kugito

それはほんの一粒の真実と、たくさんの嘘と

――みなもと雫〈ドロップ・オフ〉

1

「——運転を代わろうか？」

車の助手席から、千条雅人はハンドルを握っている伊佐俊一にそう言ったが、伊佐は首を横に振った。

「おまえの肩の筋がダメージを受けているなら、運転している最中にいきなり腱《けん》が切れる可能性がある——そしたら大事故だ」

「しかし、君だって腕を負傷しているのに」

「痛い分、どのくらいで限界が来るか自覚できるんだよ」

実際、運転はスムーズで怪我をしてるような素振りは微塵《みじん》も見せない。

二人が乗った車は、山道を登っていく。他には横を通る車はない。都心部から少し離れた、郊外の山の道路にしては異様に舗装面がきれいで、ほとんど人通りがないような感じである。しかし人通りが少ない割には、どういう訳か歩道にジュースの自動販売機などが置かれていて、誰が買うのかわからない。

道は行けども行けども緑ばかりで、周囲には家一軒ない。静かで、落ち着いていて、気持ちのいい場所である。

彼らは、さっきの騒動でパラディン・オーディトリアムの警備をより厳重にするように指示をしてから、車でここにやってきた。警察も来たようだが、コンサートが中止になることを避けるための裏工作のせいで、簡単な現場検証で終わってしまうだろうことは伊佐には見当が付いた。

（まあ、あの脚が折れた男もその方が労災保険がおりやすいしな——）

だがフォーカードと名乗るあの脅迫者は、これで気が済んだとはとても思えない。ペイパーカットもそうだが、奴も一刻も早く見つけなければならないのだが——しかし千条を検査しなければならない。

それで、彼らはこの山道を走っているのだった。

「ここに来るのは、何度目だ？」

伊佐が呟くと、千条がすかさず、

「ここ三百十一日の間に、七回来ているから、これで八回目の訪問ということになるね」

「いつ来ても、景色が全然変わらないな……」

常緑樹らしき緑は、冬でも夏でも、いつでも鮮やかな色で周囲を埋め尽くしている。

やがて走っていると、上の方に白いものが見えてきた。

建物のようだったが、大きい癖に妙に四角くて、そしてひたすらに白い。

伊佐はいつも、ここに来るとそれを巨大な墓石のようだと思う。

だがそこは、それとは反対に近い立場の、だが微妙に被ってもいる、そういう場所——人の生死に関わる建物、それは巨大な病院なのだった。

「相変わらず立派な建物だよね。外壁の清掃作業も馬鹿にならないだろうに」

千条がどうでもいいようなことを、感心したみたいな口調で言うが、これはただ事実を言っているだけだった。

この病院には、最先端の医療設備と優秀な人材が集められている。病院ではあるが、半分は研究所でもあるという。そして伊佐たちが用のあるのは、その研究施設の方だった。

伊佐たちが車を、正面の警備の前で停めた。何度も来ていて顔見知りではあるが、いつでもその警備の者は、ぶすっとした顔を崩そうともせず、伊佐たちに一々、

「身分証を提示してください」

と素っ気ない口調で言う。明らかに嫌われていた。金を出している分、色々と施設の運営等に口出ししているサーカム財団関係者は、ここでは誰でも嫌われている。

確認作業はあっさりと済んで、二人の乗る車は病院の中へ入っていった。

病院には非常用以外の階段がない。移動は全てエレベーターだ。用事のある階以外には立入禁止なのがここの規則だった。

だから、ここに入院している者がいたとしたら、他の階にはどんな患者がいるのか、彼や彼女は全然知らないだろう。

伊佐たちが降りた階は静まり返っていて、ぶーん……という何かの機械音ばかりが響いている。

伊佐と千条はその静寂の中を歩いていく。こつこつという足音ばかりが、やけに大きく響く。

この階にはナースセンターの類はない。一人の男が、中央の研究室に常駐しているだけで、患者もいない。

その男がいるドアを伊佐がノックすると、無愛想な声で、

「開いているのは知っているだろう」

という投げ遣《や》りな声が響いてきたので、伊佐と千条は室内に入った。

その部屋は実質、部屋とは言えない。その目に入る三つの壁はすべて扉であり、伊佐たちが入ってきたところも含めれば、全面が扉――つまり別々の、それぞれ目的の異なる四つのスペースに至るための分岐点なのだ。

その真ん中に椅子がひとつだけ、ぽつんと置かれていて、そこに男が座っている。

亜麻《あま》色の髪の乙女、というが、その男の髪の色もまさにそういう麦束のような薄い色である。ただし完全にぼさぼさで、お洒落で染めているのではないことは一目瞭然だった。

そして男の肌は、生まれてこの方一度も陽の光を浴びたことがないのではないかと思うほどに白い。ぱっと見――誇張でも何でもなく、顔面ですらうっすらと血管が透《す》けて見えるほどだ。

「やあ、釘斗《くぎと》博士――」

伊佐が挨拶しても、この博士は返事をしない。いきなり本題に入る。

「話は聞いている——肩に加重を受けたそうだな？」

髪と同じ眉に、同じ睫毛《まつげ》に、うっすらと生えている無精髭《ぶしょうひげ》すらも同じ亜麻色なので、全体的に茫洋としている輪郭《りんかく》に、両眼も唇も鼻筋も線のように細いので、その顔立ちは目鼻立ちよりも血管の方が目立つ。この釘斗という博士は何人なのか、ちょっと判別がつかない。ついでに年齢も想像がつかない。

「それよりも、東澱の孫娘に変な電磁波を浴びせられて、身体と意識の接触が切れた方が気になる」

と伊佐が言うと、後ろの千条が首を左右に振って、

「自分では認識できないのですが」

と補足するように言った。

「東澱？　あの東澱の娘か？」

博士はなんだか奇妙な顔をした。知り合いの名前を意外なところで聞いたような感じだったが、すぐに勘違いに気づいて、うなずいた。

「ああ——直系の長女の方か。奈緒瀬とかいう。あの爺さんに一番似ているって評判の奴だな。……何の電波だ？」

「こいつで発信していたんだが——」

と言って奈緒瀬から奪い取った発信器を渡す。

「わかった、調べてみよう」

博士は装置を受け取り、少しいじり回した。

「チップは完全絶縁のはずなんだがな——身体の肉体電位の方が電磁波でおかしくなったのかな。ま、いずれにしても調べてみよう。来い」

「はい」

博士は千条を招いて、扉のひとつの向こう側に消えた。——と思うと、またドアから顔だけ出して、

「ああ俊一、君も定期検診をするから、そこで待っていろ」

と言ってきたので、伊佐はやや顔をしかめた。

「また脳波を測るのか？　悪いのは眼なんだが――」

「視神経は脳につながっているんだよ。君は定期的に検査を受けるのもサーカムとの契約事項のひとつだろう？　なにしろ――それと知りつつ、直にペイパーカットを目撃して、まだ生きている唯一の人間なんだからな」

　顔を引っ込めて、ドアを閉められると、伊佐はその四方を扉に囲まれた空間に一人で取り残された。

「…………」

　博士が座っていた椅子に、仕方なく腰を下ろした。

　どっちを見てもドアなので、天井を見上げる。照明が室内でも外さないサングラス越しに、薄茶色の点として見えた。

　あのときも、確かこんな色の光が室内に灯っていたな、と伊佐はぼんやりと思った。

　一年前の、あのとき――もっともあれは照明それ自体が柔らかな光を発するようにできているナイトスタンドだったからなのだが――その光に照らし出されながら、彼女はこんなことを言っていた――。

〝ねえ、伊佐さん――あなたは、あなたの生命を守るために、自分の生命を使ってもいいと思う？〟

　当然、何を訊かれているのかまったく理解できなかったので、そう正直に言った。彼女はまだ警官であった頃の彼が警護していたその対象であり、生命を賭けて守らなければならない相手ではあったのだが、正直なところ伊佐は要人警護という仕事は、していることにしか意味がないと思っていた――警護しているのを大っぴらに見せて、危害を加えようとする者を思いとどまらせるのが目的なのだ、と。実際に襲われてしまったら、その時点で失敗であり、そこで我が身を省《かえり》みない大立ち回りを演じてみせるなどというのはつまらないスタンドプレーで、やらないに越したことはない。

そんなようなことを言うと、彼女はくすくすと笑い、

「ああ——そうじゃないわ。守るのは私の生命じゃなくて、あなたの生命よ、伊佐さん」

とさらに奇妙なことを言った。

「は？　本官の——でありますか？」

「そう、あなたの生命」

彼女は穏やかに微笑んでいた。

このとき、伊佐たち警察は彼女本人を警護するのが目的ではなかった。彼女は、いわば愛人のような立場にあり、そのお相手である某要人の方こそを守らなければならなかったのだが、厳重な警備というのは基本的に関係者全員に付くわけで、だからこそ若くてまだ身分の低い伊佐などは彼女のような、いわば端の方を担当していたわけである。

場所は海辺の別荘——その某要人の持ち物ではなく、危険が迫っている人間を保護するかくれ家《セーフティハウス》である。

公安が持っている場所らしく、所轄の伊佐たちはここがどこなのかさえ、実は知らない。窓が閉ざされたバスで運ばれてきたからだ。警備担当者の数は必要だが、しかしその彼らにも場所まで教える必要はないということらしい。装備一式は向こうにあるから、と言われて、署を出る前に身体検査まで受けたのだ。己の現在位置を割り出させる携帯電話などの持ち込みを禁止するためだ。

その要人の名前も殊更には教えられなかったが、しかし伊佐はこの別荘に着いたときに窓から下をカーテン越しに見ていた男を目撃していた。新聞などでよく見る顔だった。見た瞬間、ああ、ここでのことを口外したらそれだけでもう出世の道はなくなる、ということが理解できるような、そういう立場の人間だった。

そして配置されたのが、この彼女の担当だった。

彼女は最初からにこにこしていて、危険から身を

隠しているといった緊張感が皆無だった。

そして、ずっと訳のわからない会話につきあわされている――。

「本官の生命と言われましても――」

まだ若い伊佐は困惑していた。

「あなたは、生命よりも――いいえ、生命と同じくらいに大切なものというのを持っている？」

「どういう意味でしょうか？」

命に代えても、この自分を守れと言われているのだろうか。しかしそれにしてはなんだか妙である。

「そうね――もしかすると、狙われているのは、あなたかも知れないと思って」

「は？」

「これを見て」

と言って彼女は、一枚の紙切れを伊佐に差し出してきた。伊佐は彼女の近くまで寄って、それを受け取る。それにこんなことが書かれていた。まず日付の表示があり、続いて、

〝――この場所にいる者の、生命と同等の価値のあるものを盗む〟

とだけ、書かれていた。

「これは――なんですか？」

伊佐は紙切れをいじってみたが、どこにでもあるようなメモ用紙のようだった。

「悪戯よ」

彼女は即答して、それからため息をついて、

「この世で最も、タチの悪い悪戯――生命を弄《もてあそ》んで、魂の一滴《ソウルドロップ》を最後まで搾《しぼ》り取ってからでないと、研究できない――」

と囁くように言った。

「たぶん、遥か向こう側から観ているせいで、生命とそうでないものとの区別が、微妙についていないんでしょうね――だから類似するものを収集しているんだわ」

「あの……？」

伊佐はメモ用紙を不安そうに持って、立ちすくんでいる。彼女はそんな伊佐にうなずきかけて、

「それは、昨日ここの廊下に落ちていたの。私が拾って、誰にも言っていない」

と素っ気なく言った。

「拾った……？」

その言葉の意味に、伊佐は顔を青くした。

「す、すると外部から誰かが侵入していたと言うんですか？」

「それが入ってくるのを止められる者は、この世のどこにもいないわ」

彼女が投げ遣りに言ったそのとき、部屋のドアがノックされた。

「姉さん、いるかい？」

という声が続く。

伊佐はまだ混乱していたが、その声は知っている者であったから対応しないわけにもいかない。

ドアを開けると、伊佐と同じくらいの年齢の若い男が顔を見せた。

「ああ、やっぱりいるじゃないか――邪魔だよ、早くどけ」

若い男はドアを開けた伊佐を軽く突き飛ばしながら遠慮のない態度で、ずかずかと室内に入ってきた。

こちらにも警備の者が付いていて、伊佐とかるく会釈しあう。

お互い苦労するな、そんな感じの眼を伊佐に向けてきた。この若い男に相当あごで使われているようだった。しかし――ちょっと馴《な》れ馴れしい感じもした。任務中なのに。

「何の用かしら、雅人」

彼女はその弟に、冷たい返事をした。

「おいおい――そりゃないだろう。この僕がこんなところに閉じこめられているのも、姉さんのせいなんだぜ」

雅人と呼ばれた男は軽薄そうに手をひらひらと振ってみせた。それなりに整っている顔なので、逆に誠意のなさが浮き彫りになっている。

「姉さんが、あんな訳のわからない女子高生に肩入れなんかして——あれからおかしくなっちまった」

「あのお方のことを、おまえ如《ごと》きが軽々しく口にするな」

彼女はそれまでの穏やかさが嘘のように、厳しい顔つきになった。

「あのお方、ねえ——まだそんな風に言っているのかい。あんな、最後は学校の屋上から飛び降り自殺しちまったようなノイローゼ娘なんかに——」

雅人は舌打ちして、顔を不快そうに歪《ゆが》めた。

「…………」

彼女はそんな弟を冷たく無視した。二人はどう見ても血がつながっていた。顔立ちがよく似ている。しかし雰囲気は正反対と言っていいほどに違う。

しかし伊佐は、まだ彼の動揺は続いていた。

「ち、ちょっと待ってください——今の話、もしほんとうに侵入者がいたなら——対応しなければなりません」

焦って言った。

「お、おい、何の話だ？」

雅人の警備担当者が驚いたような顔になる。

「いや、詳しくはわからないんだが——」

彼は常に、上からの指示を受けられるように支給されている通信機の、マイクのスイッチを入れた。

その途端、耳に塡《は》めているイヤホンから激しいノイズが響いた。

「うわっ——なんだこりゃ。壊れているのか？」

「どうした」

「君のを貸してくれ。俺のはなんだかおかしい」

「ああ——」

と言って、警官は腰に手をやって、そして——拳銃を抜いて、伊佐に向けた。

「え——」

伊佐がぽかんとすると、そいつは、

「悪いが——つまらん報告をされると、困る」

と言って、いきなり撃ってきた。

伊佐は弾丸を左胸に食らって後ろに吹っ飛んだ。

「おい——」

雅人が抜けた声をあげかけたところで、警官は雅人も撃った。

弾丸は頭に当たった。雅人は悲鳴を上げる間もなく、その場に崩れ落ちた。

警官は、彼女にも拳銃を向ける。

彼女は、ぽかんとした顔をしていた。何が起きているのか、よくわかっていないようだった。

「……なに、なんなの」

呆れたような声だった。

「どういう茶番なの、これ……」

「おまえらが襲われたことにして、周囲を混乱させる——その隙を突いて、ターゲットを仕留めることにした」

警官は冷酷な口調で言った。しかし彼女はそんなことをほとんど聞いていなかった。彼女はさっきの紙切ればかりを見ていた。

「てっきり——私だと思ったのに」

その様子があまりにも奇妙なので、警官は一瞬眉をひそめた。だがすぐに躊躇いなく、向けた銃の引き金に力を込め——ようとしたところで、

——がしっ、

と警官の身体にしがみつく者があった。

伊佐俊一だった。

胸からは血が流れ出ているが——銃創が左に寄っていて助かったらしい。心臓や重要な血管には当たらなかったのだ。心臓というのは一般的には左側にあると思われがちであるが、実際は胸部のほぼ中央に位置している。触ったときに脈打っているのは、血が送り出されている末端の部分なのだ。しかし常

人であれば動くことなどできない重傷には違いなかった。

「ぬ……！」

警官は伊佐の反撃にやや驚いた様子を見せたが、すぐに銃を伊佐の顔の前に向けて、撃った。

伊佐は首をとっさに反《そ》らせて弾道から逃れたが、その際に銃口から飛び散った閃光《せんこう》と、焦《こ》げた火薬の破片が眼に入った。

「——ぐっ！」

だが、それに怯まず、伊佐はその銃を握る相手の手を、上から握りしめた。

銃声が連続した。

無理矢理に引き金を引かせて、残弾をすべて撃たせたのだった。

「こ、こいつ——」

警官が焦った隙《すき》を、伊佐は逃さなかった。相手の手首を取って、ねじって、そして投げ飛ばした。

柔術のテクニックで、ほとんど力を入れなくとも相手の方から勝手に転がる、人体構造を利用した投げ技だった。

「——うわっ！」

警官はもんどり打って転がった。だが伊佐も、その衝撃で胸の傷がさらに広がって、出血がひどくなった。

「ぐっ……」

取り押さえそこねた。その間に警官はその場から逃走にかかっていた。

部屋から出て、廊下の方に向かう。

「く、くそ……待て！」

伊佐はよろめきながらも、それを追った。眼は多少かすむが、見えないほどではなかった。

だが——廊下に出た彼の前に広がっていたのは、異様な光景だった。

白銀色の、光が——。

2

「…………」

　研究室の照明から眼を逸らして、伊佐は過去の追憶から現在に戻った。

　自分はあのとき、何を視《み》たのか。

　そして——何を視なかったのか。

　自分もはっきりとその場にいたはずなのに、伊佐はいつも、これのことを思い出すときに、まるで自分がそこにいなかったかのような、三人称的な視点で思い出すのだ。自分の姿も一緒に見えているような、そんなような感じ……まるで夢の中の出来事を、目覚めた後から無理矢理に思い出しているような視点が、いつもつきまとう。

　伊佐がしばらくぼんやりとしていると、ドアのひとつが開いて千条が出てきた。

「やあ伊佐、僕の方の調整はすんだよ」

　いつものあの、適度に明るく響く声と屈託のない表情で、千条は言った。

「…………」

　伊佐はその千条を、少し複雑な眼差《まなざ》しで見つめる。

「？　なんだい伊佐。僕に何か言いたいことでもあるのかい」

　千条は裏表というものがない声で、普通に訊いてきた。

　あのとき——雅人が撃たれた頭部の銃創は、幸いにも下から上へ抜けるような弾道であったため、後頭部の脳幹《のうかん》などに損傷を与えることはなかった。手《て》酷《ひど》く損傷したのは主に頭蓋骨と脳膜で、あと——前頭葉の一部にもダメージがあったが、素早い蘇生処置のおかげもあって、肉体は生命を取り留めたのだった。

　そう——肉体の方は。

「…………」

以前のことを思い出した後で千条を見るとき、伊佐はいつも――いわく言い難い気分になる。

「なんだい？」

見つめてくる伊佐に、千条はまた問いかけたが、伊佐は、

「いや――なんでもない」

と言った。そこに続いて、釘斗博士が顔を出した。

「次は俊一、君の番だ。雅人はそこで待機していろ」

「わかりました」

千条は素直に返答し、伊佐はやれやれと首を振りながら椅子から立ち上がった。

さっきの千条が入っていったのとは別の扉から、中に入る。

そこには相変わらず、様々な電子機器が所狭しと並べられている。照明は薄暗く抑《おさ》えられていて、伊佐の裸眼でも普通にしていられる。彼のために調整されているのだ。

サングラスを外し、指定されているベッドに横たわると、その彼に博士がぺたぺたと薄くて柔らかい板状のものをぺったりと、額やら首やら手首やらに貼り付けていく。板には無数のコードがじゃらじゃらとつながっていて、何かを計測するらしいのだが、未だに伊佐は彼らが何を測っているのか正確には知らない。向こうも手当たり次第であって、何を調べていいのかわからないのだろう。

「俊一、最近の気分はどうだね」

「あまり芳《かんば》しくないな――気が滅入ることが多い」

「仕事が忙しいからか」

「それもあるだろうが――なんだか」

「まあ、君の現在の立場では未来に希望を持つのは難しいだろうが」

「正直だな。医者ならもっと患者を励ませよ」

「私は、別に君を治療しているわけじゃないからな」

この身も蓋《ふた》もない言葉に、伊佐は苦笑した。

「本当に正直だな」

「未来はさておき、過去の方はどうだ。あれから、何かまた思い出せたかね」

「報告した分で、全部だ——疑うなら嘘発見器にでも掛けるか？」

「今も掛けているよ。もっと精密な奴でな。報告すべきこととか、そういうんじゃなくて、印象のようなものは他にないのか」

「印象ねえ——そう言われても」

「たとえば夢なんかは見ないのか？　あれに関する夢などは」

「夢ねえ——」

伊佐はまた苦笑しようとして、しきれなかった。唇が歪んだだけだった。

そう、夢の中だ——今でも自分は、あのときの夢の中に閉じこめられ続けているのかも知れない。

あのときの、あの白銀色の光が——。

＊

——雅人と自分を撃った警官を追って、左胸に傷を負った伊佐は廊下に飛び出した。

警官は、まさに廊下を逃走していくところだった。

「——待て！」

伊佐は叫んで、その背中に自分の拳銃を抜いて撃つかどうか一瞬考えて、すぐに無理だと判断した。左胸に貫通銃創があっては、銃をまともにかまえるのは不可能だ。

そうしている間に、警官は廊下の角を曲がっていき、伊佐の視界から外れた。

どうする——と伊佐は考えた。とにかく他の者にこの襲撃のことを告げるのが先決だった。通信機はどういう訳か作動不良だし、直接誰かのいる所に行かなくては——と伊佐が思った、そのときだった。

警官が逃げていったその廊下の角の方から、ふいに声が聞こえてきた。

「実に――興味深い」

その声は障害物を挟んでいるはずなのに、妙に鮮明に、まるで耳元で囁かれているかのような明瞭さで伊佐に響いた。

なんだ――と彼が思う間もなく、声はさらに続いた。

「これが逃げ出した直後の、現在《いま》の君のキャビネッセンスか――弾丸のない拳銃」

ごとっ、というような妙な音がしたかと思うと、その逃げていったはずの警官が、こっちの方に後ずさりするように戻ってきた。

だが――何かがおかしかった。

その手には、さっき逃げ出したときに握りしめたままだったはずの弾丸切れ拳銃がなく、そして、
表情がなく、
緊張がなく、
意思がなく、
動作がなく、
視線がなく、
安定がなく、がくり――と首が横に変な角度で傾いて、膝が折れ、足首がねじれ、腰がよじれ、背中が曲がって、そして――崩れ落ちた。

生命がなくなっていた。

「…………」

伊佐は茫然としていた。その脳裡《のうり》に、ふいにいくつかの言葉が明滅していた。

〝廊下に落ちていた〟

〝この場所にいる者の〟

〝生命と同等の価値があるものを〟

（……な、なんだ……？）

伊佐はそれが何に由来する言葉だったのか、混乱してわからなくなっていた。それらをつなぐ単語は

確か——紙切れ。

「…………」

ずしっ、ずしっ——という足音が、廊下の角の向こうから聞こえてくる——近づいてくる。

「…………」

するると伊佐の背後の部屋から、雅人の姉の彼女も出てきた。

「伊佐さん——？　これは一体……」

彼女は転がっている死体に驚愕していた。そしてすぐに足音にも気づいた。

ああ——という彼女の声と、その姿が廊下の角から出てくるのと、茫然としていた伊佐が我に返ったのは同時だった。

そのときには、もう伊佐は眼を逸らすタイミングを失っていた。正面からまともに、それが傷ついた瞳に飛び込んできた。

伊佐と彼女の前に現れたもの、それはなんだかとりとめがなく——印象が定まらず、そのくせ深く突き刺さってきて——

——どくっ、
と何もしていないのに、胸から血が噴《ふ》き出した。身体が、それを見ることを拒絶し、過剰に反応してしまった——そんな感じだった。

「……うっ……！」

伊佐は失血がひどくなりすぎたために、ふいに貧血症状のような、視界一杯に光の粒が充満して見えてきて、それが白銀色になり、世界全体が光に包まれたような感覚の中、そのまま——意識を失った。

＊

〝……伊佐さん、伊佐さん——〟

遠くの方から声が聞こえる。そんな風な気がする。視界は闇に閉ざされていて、自分は気絶しているはずなのに、どうして声が聞こえるのだろう——

とおぼろな思考がどこか自分とは離れたところで漂っていた。

〝伊佐さん、私は——行くわ〟

自分の中には、その声ばかりが響いている。

〝あいつと会って、無視されて、私は自分がまだまだだって思った——いじけていたのが馬鹿みたいだわ〟

ふふっ、と自嘲的に笑う声の気配。

〝私は、もちろんあのお方のようにはとてもなれないけど——でも、精一杯やってみるわ。もしかすると、どこまでも頑張れれば、もしかして——私もあのお方と同じように、死神に殺されるほどの存在になれるかも知れない。世界を変えて、突破させることに、挑戦してみるわ……またいつか会うこともあるかも知れないけど、そのときは、きっと——〟

声が遠くなっていく。それは声が離れていくのではなく、自分の思考の方が、どんどん己の方に戻ってきて——


……伊佐は目覚めた。

しかし、相変わらず世界は闇の中に包まれていた。眼の上を何かが——おそらく包帯が包んでいて、眼球の表面がちりちりと痛んでいた。

「う——」

彼が呻くと、すぐ横から、

「ああ、気がついたか」

という男の声がした。ベッドに横になっている自分の傍《かたわ》らに誰かがいるらしい。

「しかし、よく生きていたな——あと二ミリ弾丸がずれていたら、心臓に喰らってお陀仏《だぶつ》だったらしいぞ。よく動き回れたものだ。大したタマだな」

その言葉遣いから、そいつがある種のプロであることが知れた。人が傷つくのをなんとも思っていないような仕事に慣れている、そういう言い方だった。

「——警察じゃないな」

伊佐が呟くと、男は「ああ」と言い、

「私はサーカム財団の者だ。君に話があって、こうやって起きるのを待っていた」

と自らの所属を明らかにした。

「サーカム……？　保険会社が何の用だ」

「君に仕事をあげようと思ってね。何しろ、君は昨日付で退職処分になっているんだから。君の知らないところで、君の名前で退職届が出されて、自動的に受理されている」

男の言葉に、さすがに伊佐は驚いた。

「なんだと……？　それはどういう意味だ？」

「君ねえ――さすがに君だって、あの警備任務が極秘のものだということぐらいは察しがついただろう。その現場にいて、しかも戦った相手が同じ警官であるような状況に巻き込まれて、ただで済むとは思うまい」

「…………！」

伊佐はベッドの上で身を強張らせた。

「すると――あの警官は本物だったのか」

「彼もまた、上から命じられたに過ぎないんだよ。致命的な失策を上の者に握られていて、脅されて仕方なく鉄砲玉をやらされたらしい……もっとも今となっては何もかも揉《も》み消されてしまったが。君はあの要人を命懸けで守ったが、そもそも彼が生命を狙われていたという事実そのものがなくなってしまったんだ。もっと上の方で手打ちが済んだらしい」

男は淡々とした口調で言った。

伊佐は奥歯を噛みしめながら、呻くように、

「……トカゲの尻尾切りか」

と言った。そして、

「……入院しているのは、俺だけか？」

と訊いた。

「あの千条姉弟はどうした？　弟が撃たれて、重傷だったはずだが――」

「ああ――弟の方は、現在治療中だ。姉の方は、たぶん死んでいる」

男は軽い口調で言ったので、伊佐は一瞬意味が摑めなかった。

「――なんだと？　どういう意味だ？」

「現場にはいなかったが、近くの砂浜で足跡が見つかった――海の方へ続いていて、戻って来ていない足跡が、だ。わかるだろう」

「――何を言っているんだ？」

「だから――自殺したと思われる。遺書はなかったが、きっと派手なドンパチを前にして、こんなものに巻き込まれる自分の人生に嫌気が差したんだろう。発作的なものだったかも知れないな」

「そんな馬鹿な――自殺などするわけないだろう」

伊佐は、あの彼女の態度を、そして夢うつつに聞こえたあの声のことを思い出していた。自分の使命――そんなようなものに支えられた、揺るぎない意志がそこにはあったような、そんな気がしてならなかった。そんな人間が多少のショック程度で自殺などするだろうか？


「ああ――君はやはり何も知らないんだな。あの女は、別に愛人なんかじゃなかったんだぜ？」

「え？」

「あれはな、あの別荘の先生の〝巫女《みこ》〟だったんだよ。御神託をくださる占い師だ。大事な決断を迫られたときに、あの女の神通力で事態を見通すってな――怪しいもんだ。まあ、政治家の類はゲンを担《かつ》いだりするのが好きだからな」

「…………」

言われてみれば、納得するところもあった。たしかに愛人といったような、そういう甘い雰囲気は彼女とあの家の間になかった。サーカムの男はそんな伊佐の沈黙を、論破したものとみなして、

「そんなプッツン女が自殺しても、大して不思議じゃあるまい――なんだ、君はあの女がちょっと気に入っていたのか」

と気安い口調で言ってきた。

「――わからん」

伊佐は、ほんとうによくわからなくなっていた。愛人だと思っていたときには、もちろん何の感情も湧きようがなかったが、今、伊佐があらためて彼女に対しての印象を思い返してみると、それは――違和感だった。

彼女は、自分たちとは決定的に違う世界に行ってしまった――生死いずれにせよ、それだけは確かなことのように、伊佐には感じられた。

「まあ、そんなことはどうでもいい――本題に入ろう」

サーカムの男の声が、もとの冷徹なものに戻った。

「君は、あの現場で何かを見ただろう？」

「……何かって、何だ」

「なにかだ――説明できないようなもの、言葉にならないもの、はっきりしないもの――そういったようなものを、なにか見たんじゃないのか？」

「…………」

「君の眼だが――残念ながら、完治はしないそうだ。特殊な症状が残って、光に対して耐久力が落ちてしまうだろうということだ。ただ燃えた火薬のカスが入ったからじゃあ、ない――君は、見てはならないものを直に見たために、それに被爆してしまったんだ。言え、何を見たんだ……？」

「…………」

「現場には、例の紙切れが残されていた。そしてロクに怪我もしていない死体もあった。あれが現れたことには疑問の余地がない。そして君はその唯一の目撃者なんだよ」

「…………」

伊佐は――自分が後戻りできない世界に足を踏み入れてしまったことを悟った。警察を馘首になったとか、そんなことさえ些《さ》細《さい》なこととして片付けなければならないような、そんな場所に――。

「あの千条の弟――雅人の方はどうなんだ」

伊佐は静かな口調で訊いた。

「治療していると言ったな。治る見込みがあるなら、あれもかなりの重要参考人じゃないのか」

「ああ――そいつはないな」

男は冷ややかに言った。

「事実上、千条雅人という男は死んだからな。今生かされているのは、肉体だけだ」

「――植物状態なのか？」

「いや――開発中の最新技術が投入されているんだよ」

男は、ゾッとするような底冷えのする声で、突き放したように言った。

「情報処理チップを埋め込んで〝ロボット探偵〟を造っているのさ、うちの学者たちがな――」

3

――そして、その一年後の現在、その千条雅人は何でもない顔をして、病院から都市部に戻る山道を降《くだ》る車の、そのハンドルを握っている。

「…………」

その助手席では、サングラスを掛けた伊佐俊一が腕組みをして、考え込んでいる。

車はひたすらに緑に包まれた道をかろやかに疾走していく。

やがて伊佐は顔を上げて、横の千条の方を向いた。

「肩の方はなんともないのか？」

「ああ。異常なしだ。一応念のために抗生物質の注射をしてもらったから、壊死《えし》しているところがあったらその周辺が腫《は》れ上がるよ。そしたら切開して削除すればいい」

「削除、ねえ――」

伊佐はため息をついた。

「で、電磁波の方はどうなんだ」

「いや、そっちは今一つ原因がわからないようだ。一応チップには損傷もないし、機能不全の痕跡もなかったって。本当に停まったのかとも言われたよ。僕にはわからないから、そう言うしかなかったけど」

「……そうか」

伊佐はまた息を吐いたが、さっきのため息とは少しニュアンスが異なっていた。また注意することがひとつ増えたか、という吐息であった。

「それで、僕らはこれからどうするんだい。コンサートホールに戻るのかな」

「いちおう、あそこでの確認は終わったから、しばらくは警備の者たちに任せた方がいい——フォーカードとかいう脅迫者も現れたから、今は守りを固めた方がよかろう。俺たちは外で調べることがある」

「なるほど。まずはあの〝偕ちゃん〟かい」

千条はあの鉄骨落下騒ぎの中で出てきた名前を口にした。

「そうだ——みなもと雫の、昔の関係者を当たってみよう」

そして伊佐は千条の横顔に視線を移し、

「——データはまだ、全然足りないんだろう?」

「ああ。半分以下というところだね」

「さっさとスイッチが入ってくれないもんかな。いつも思うんだが——」

「そうそううまくは行かないよ。目の前にないものを、僕は見通したりすることはできないんだから」

「その辺は、俺たちと同じだな——」

車は山を降り、街へと戻っていく。

CUT/5.
Kukio Higasiori

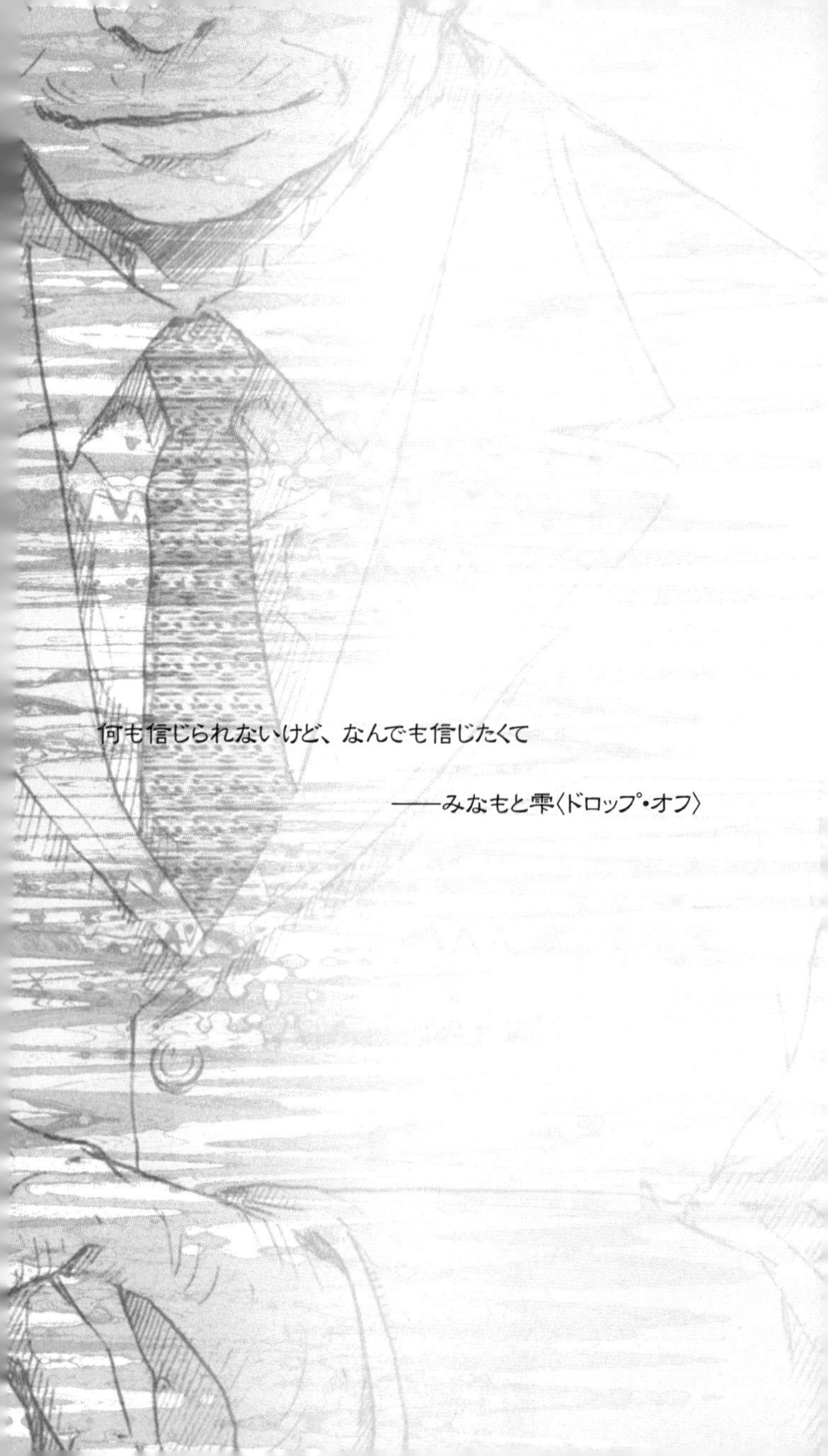

何も信じられないけど、なんでも信じたくて

——みなもと雫〈ドロップ・オフ〉

1

彼女の——みなもと雫の死因は異様なものだった。

人気はまだまだ高かったものの、その勢いにはさすがにデビュー当時の爆発的なものに比べれば翳《かげ》りが出てきていて、一部では〝もうそろそろ彼女も終わりだな〟などと陰口を叩かれるようになっていた、そんな時期のことであった。

かねてから結婚も近いのではと噂になっていた恋人である脚本家の男に——首を絞められて、殺されたのだ。

男はすぐ、その傍らで首を吊《つ》ってしまい、心中を成立させてしまった。遺書もなく、彼女の血中からはアルコール成分が検出され、死亡時には泥酔状態であっただろうと検死されたために、事件当時に死の意志があったのかどうか、警察でも立証できず、関係者は殺人事件として扱うべきなのかどうか、それとも合意の元に行われたものなのか、未だに結論が出ていない。

彼女は自分で作詞、作曲もしていたのだが、どうやらその未発表曲のストックは相当残されているらしい。アルバムとして出せば相当の売れ行きが期待できるそれらの曲は、しかしマスターテープの所有権がどこにあるかで揉めたりと様々な理由で、まったく公開されていない。

「その辺の利権の問題もあるのかな、妨害工作には——」

千条の言葉に、伊佐はかすかに首を振って、

「そいつはどうかな——ただでさえみなもと雫は死因が死因なだけに、マイナスイメージがつきすぎている……利権を争っている連中としては、トリビュート・ライブが成功して、商品価値が高まってくれることを祈りこそすれ、それを妨害はしないだろ

う」

「いや、他の者に盗《と》られそうだから、それならいっそのこと、というようなこともあるんじゃないかな」

「ほう、なかなか人間心理を衝いたようなことを言うじゃないか」

「当たっているかい？」

「いや、残念だがそういう目的にしては、バレたときの音楽業界内での評判が悪くなりすぎる——あれだけ大掛かりに動き始めてしまったライブの妨害なんてやったら、二度と業界で仕事ができなくなるぞ。妨害するなら、アーティストが集められる前にやっている。金目当ての奴なら、その後のことを考えないはずがない。人間には保身も大切なんだよ」

「色々と難しいねえ」

千条はしみじみとうなずいた。

「するとやっぱり、怨恨の線かな。フォーカードは元関係者か、あるいは部外者か。どちらだと思う？」

「狂信的な雫ファンというのが、どれほどのものなのか知らないしな……なんとも言えない。あるいは想像もつかない動機があるのかも知れない」

「ペイパーカットのように、かい」

その単語を千条は何の動揺もなく、さらりと言ったので伊佐は少し顔をしかめた。彼は、その名前を冷静には扱えない。だがこの場合は、

「——そうだ」

と肯定した。


偕ちゃん、と呼ばれている男の本名は偕矢亮平《りょうへい》という。芸名も同じで、肩書きはギタリストであるが基本的に楽器はベースからドラム、キーボードまでやれる天才型らしい。器用貧乏というのではなく、すべてトップレベルの実力だと業界では知られている。

自分名義の作品を発表しなくとも、スタジオミュ

ージャンとしてでも一財産つくれるだろうとか、ライブのサポートに呼びたがるアーティストも多いとか、とにかく評判がいい。

ただし——女癖は悪い。

事務所から教えられた住所に行っても、誰もいなかった。マンションの管理人によると、もう三ヶ月ほど戻っていないようだ。

「家賃は振り込まれているからいいんだけどね——」

「やはり女のところにしけこんでいると？」

「いや、わかんないんだけどね、でも確かにこっちの方に連れ込むってことはあんまり……いや、たぶん一度もないんじゃないかな」

伊佐と千条は顔を見合わせた。

「いや、わかった。ありがとう」

「私がこんなこと言ったって、偕矢さんには言わないでくださいよ」

「ああ、心配するな」


二人は車に乗り、その場から去った。今度はハンドルを握っているのは伊佐だ。

「しかし……どうして恋人を自分の家に呼ばないんだろう？」

「さあな。女誑《たら》しの心境なんぞわからんが……あるいは自分の世界は自分の世界で、しっかりと守りたいって口《クチ》かもな」

「しかし、三ヶ月以上も家に戻らないのに？」

「そうだな……守るべき自分の世界の方も、見失っているとか。——いや」

伊佐は言いながら、頭が混乱してきたのでそれ以上考えるのをやめた。

「直接、連絡を取ってみるか——先にできるだけ周囲を固めたかったんだが。千条、頼む」

「ああ、わかったよ」

千条は車内に装備されている電話で、事務所から教えられていた携帯番号に掛けた。

しばらく、呼び出しばかりが続いた。たっぷり一

分以上の時間を置いて、

〝――なんだ、誰だよ〟

という投げやりな、やや掠《かす》れたような男の声がした。スピーカーで車内にも流れているので、伊佐にも聞こえる。

「偕矢亮平さんでいらっしゃいますね？　私はサーカム保険の千条という者ですが」

〝保険の勧誘ならお断りだ〟

「いえ、そうではありません。私たちはみなもと雫さんに関連したことを調査している者でして」

〝………………〟

電話の向こうの声が一瞬、押し黙る。

「偕矢さんはみなもとさんと親しかったのですね？」

〝……別につきあっていた訳じゃねーよ。話すことはない〟

素っ気なく言われて、電話は切られた。

千条は肩をすくめて、受話器を置く。

そしてすぐに、装備されている機器をあれこれ操作し始める。

「どうだ？」

「ああ、位置は特定できそうだ――道案内機能付きの携帯だったからね」

その指先が、ものすごい速さでキーボードの上を走り回っている。

「便利な世の中になったものだな」

これは千条の方を見ながら、伊佐は呟いた。

「――出たよ。あれ？　こいつは……」

「どうした？」

「この住所は……元の所有者がみなもと雫だ」

「なんだって？」

「正確には、彼女の個人事務所が所有しているんだけど……まだ他人に譲渡していないようだ」

「どういう場所なんだ？」

「どうも昔は倉庫だったらしいね。リハーサルスタジオに改造して、しかし別に今は誰かに貸し出したたりしているというわけでもなさそうだ」

「どうしてそんなところにいるんだ、奴は」

「女は関係ないのかな」

「それはわからないが……うーむ」

伊佐は少し考え込んだ。だがすぐに、

「いや、時間がないんだ。直接行ってしまおう。もし奴がフォーカードだったら、そんなあからさまな場所にいるとも思えないしな」

伊佐はモニターに映し出された住所を確認すると、アクセルを踏み込んだ。

2

その倉庫は、普通に街の真ん中にあった。目立たないところといえばそうなのだが、近くには市民プールなどもあるそれなりに人の多いところだった。

「人気商売で、顔を見られたら大騒ぎになるんだろう？　意外にわからないものなのかな……」

千条がもっともな疑問を口にする。

ただし、倉庫の外面はきわめて地味で、確かにそこでかつて超のつく有名人が活動していたとはちょっと信じられない感じではあった。

すると彼らの背後から、いきなり声がした。

「そう――そんなものですわ。ジーパン姿のスッピン女が、荷物抱えて倉庫に入っていくのを見ても、一般人はそれが芸能人だとは思わないものよ？」

その女の声に、伊佐と千条は振り向いた。伊佐はうんざりした顔になっている。

「お二人とも、ご苦労様ですわね」

と言って手を上げてみせたのは、東澱奈緒瀬だった。

「……何をしているんだ、このお嬢様は」

伊佐の渋い声にも構わず、奈緒瀬は、

「わたくしの行動が気になりますか？　助ける余裕がないのなら、無視してくださってかまいませんのに」

としれっとした口調で言った。

「こちらの場所がどうしてわかったのです？」

千条の問いに、奈緒瀬はあっさりと、

「秘密です」

と微笑んだ。

「こちらの探知作業を辿《たど》られたのですか——さすがは東澱ですね」

「さあ、どうでしょう？」

「一人か？　それとも見えないところで警備が張り付いているのか」

伊佐が渋い顔のまま訊くと、彼女は、

「あなたが気にしても仕方ないでしょう……それとも、あなたがわたくしに危害を加えると？」

と悪戯っぽく言った。

「……これから会う相手がどんな状態か保証できない以上、同行はできないな。一人で勝手に入るか、それともここで帰るかだ」

伊佐はあくまでも厳しい声で言った。


すると奈緒瀬は、人差し指をあごの先にあてて、

「ふーむ……ではせっかく、交換条件としてペイパーカット関連の情報を提供して差し上げようと思ったのに、それはお断りになると？」

と静かに言った。

「…………！」

伊佐は絶句し、千条は反応しきれず無表情である。

奈緒瀬はまた微笑みながら、

「秋葉晋平が殺された件で、あの後わかったことが二、三あるのです。あなたがこの場でわたくしと行動を共にしてくだされば、それをお教えしましょう」

と穏やかに言った。

倉庫には入り口らしきものがなかったので、伊佐は正面のシャッターをがんがんと叩いた。

するとしばらく経ってから、

「……裏に回れ、ドアがあるから、そっちから入れ」

という、さっきの電話と同じ声がした。

三人が裏手に回ってみると、周囲を囲む高い塀の陰に隠れるように、奥の方の植え込みの向こう側に扉があった。

「一応、芸能人らしく出入りするところは撮影されにくくしていたようだな」

伊佐が呟くと、千条が「なるほど」とうなずいた。

扉をノックすると、がちゃり、と鍵が開く音がした。

出てきたのは、長い髪をぼさぼさにした、無精髭の目立つ男——偕矢亮平、本人だった。

「さっきの電話の奴か——どうしてここがわかった？」

ぼそぼそと聞く声には、疲れている感触があった。


「まあ、色々と。それにここはみなもと雫さんの所有地ですし」

千条が当たり障《さわ》りのないことを言うと、ふん、と偕矢は鼻を鳴らして、

「話すことはなんにもないが——追い返しても、どうせまた来るんだろう」

と言って、三人を中に入れた。

倉庫の中といっても、かなりの改装がされていて、ちゃんとしたスタジオの風情《ふぜい》になっていた。ただし所狭しと置かれていたであろう機材や楽器類はすべて撤去されていて、がらんとした空気が広がっていた。

ただ、休憩コーナーと思しきスペースに毛布やらペットボトルやら、弁当の空箱などが散乱している。この男がここに寝泊まりし続けているという痕跡が、歴然と放置されていた。

「——女性の方もおられましたね？」

そのゴミの山を見て、奈緒瀬が言った。まだ中身

の入っている化粧水の瓶などが置かれている。

「俺がメイクの時に使っているのかも知れないだろう」

「それなら、もっと良いものをお使いになると思いますが――あれはバーゲン品の、安物ですから」

奈緒瀬の言葉につなげるようにして、千条が付け足すように、

「それに、毛布に女性特有の体臭も残っています」

と、その毛布に大して近づいてもいないのに言った。

「あなたの体臭と混合しています。同衾《どうきん》された痕跡と推察できますが」

身も蓋もない言い方をする。奈緒瀬はぎょっとして彼を見て、伊佐はため息をついた。

しかし言われた本人は、この失礼極まる言われ方にも鼻を軽く鳴らしただけで、

「犬か、あんたは――」

と特に否定もせずに、投げやりに言っただけだった。

「体臭は経時変化を起こしているようですから、その女性はかなり前に出ていかれましたね。それ以来はあなただけですか」

「別に振られたわけじゃないぜ――仕事が忙しいんだよ、あいつは」

「どなたか名前を伺《うかが》っても？」

「駄目だ――プライバシーの侵害で、訴えるぞ」

「ひとりか？」

伊佐が訊くと、偕矢はニヤリとして、

「さあな――俺の噂は聞いているんだろう」

とふてぶてしい口調で言った。

「お相手の詮索はその辺にしましょう」

奈緒瀬がうんざりしたような声を出した。

「あなたはどうして、こんなところにいるんですか？」

ややきつい言い方になっているのは、彼女がこの男のことを嫌いになったからだろう。伊佐も、それ

には同感だった。

「別に——深い理由はないね」

鼻先でせせら笑う。余裕ぶっている。しかしこれに伊佐が、

「嘘だな」

と断定した。

「あんたがここに居続ける理由は、うんざりするぐらいに明確だからな」

「なんだと？」

「未練を断ち切れないいんだろう——みなもと雫に対して」

「…………」

「なんでスタジオなのに、ギターの一本も置いていないんだ、ここは」

「人の勝手だろう」

「ああ、勝手だな——音楽から離れられないのに、直に触れるのは怖いっていうのは、おまえの勝手だな」

伊佐は突き放したように言った。

「…………」

偕矢は無表情になった。その無表情は、まるで、

(——おや？)

と奈緒瀬は横に立っている千条を見た。そう、その仮面のような顔はこのサーカム財団で〝ロボット探偵〟と呼ばれている男のそれと似ているように彼女には見えたのだった。

それにしても、伊佐俊一は鋭い——奈緒瀬はそのことにも感心していた。

(この人は、視力と引き替えに、なにか勘の良さでも手に入れたのかしら？)

そんなことも思った。

「別におまえは、みなもと雫の専属というわけじゃなかったんだろう？」

言われて、偕矢は渋い顔になった。

「あの女には、誰も専属していなかったよ——必要なかったからな」

「どういう意味だ？」

「あの女は、なんでも自分だけでできるんだよ——アルバムを創るだけなら、一人で楽器を全部弾《ひ》いて、全部歌えばいいいんだよ」

忌々しげな言い方だった。故人のことを言っているのではなく、まるで彼女がまだ生きているような言い方だった。

「バックコーラスさえいらないんだ——声を変えて、何度も重ね録《ど》りすればいいだけだ。……その方が、ずっと良いものができる。誰の助けもいらないんだよ。セルフプロデュースどころじゃない。他の奴が下手に関わると、足手まといなだけだ」

「つまり——トリビュート・ライブなどはその彼女の良さを殺すだけだと？」

千条が口を挟んできた。

するとと偕矢は、はん、と鼻先で笑った。

「殺す？　殺せるものか。どんな形で歌われようが、みなもと雫の歌の良さは殺せやしないよ。ただ——濁るだけだ」

「おまえが演奏しても、そうなのか？」

伊佐の言葉に、偕矢はまた押し黙った。図星らしい。

「相当に心酔されていたようですけど——」

奈緒瀬が偕矢を見る目つきはやはり苦い。

「それはどうも二律背反を含んだもののようですわね。亡くなった方のかつての仕事場で、節度に欠ける生活をして、なにか〝してやったり〟というような気持ちでもあるのですか」

遠慮のない言い方だったが、しかし偕矢はこれにはふてぶてしい笑みをまた浮かべて、

「あんたは自信たっぷりでいいな——そんなに簡単に世の中を割り切れてなあ、はん」

と馬鹿にしたような言い方をした。

「なんですって？」

奈緒瀬の顔にあからさまな怒りが浮かんだが、彼女はすぐに眼を逸らして、それを抑え込んだ。ここ

で怒っても意味がない。

　そんな彼女を伊佐はちらりと見た。お嬢様が余計なことを言うなら遮るつもりだったが、その必要はなさそうだった。

「それでは――彼女が死んだことはどう思っているんだ？」

　伊佐は話を戻した。しかしこれに偕矢は、

「さあな」

　とまた投げやりになった。

「彼女が何を考えていたのか、俺にはわからねーって言っただろう」

　そんなことはこれまでの会話で一度も言っていないが、おそらく同じことを他の者にも何度も聞かれたのだろう、くどいと言わんばかりの口調であった。

「脚本家だったか？　あの恋人は――」

　伊佐が言うと、偕矢は突然に狂笑した。

「――ぶふふふはははははははははははあ！　恋人ぉ？　恋人ねえ――まあ、知らないってのは幸せなことかも知れないな」

「どういう意味だ？　あの心中相手は彼女と恋愛関係にあったんじゃないのか」

「心中ねえ――まあ、どうでもいいけどよ」

「あの男が彼女を殺したと、そう思うのか」

「ああ――逆だよ逆。殺したとするなら、彼女の方が脚本野郎を殺したんだよ」

　ひらひらと手を振りながら、きわめて適当な調子で偕矢は言った。

「なに？」

　伊佐は、思わず千条と奈緒瀬を見て、三人はお互いを見つめ合ってしまった。なんとか混乱から立ち直って、伊佐はさらに訊く。

「そいつは――どういうことだ？」

「まず第一に――あんたらはみなもと雫ってのがどんな女だったのか、全然知らない。次に問題なのは、彼女は基本的に、自分一人で何でもできたってことだ――死ぬなら一人でやったよ。後追いする相手なんか必要なかったんだ」

「しかし、彼女は泥酔状態で、男に首を絞められているのです。これは検死の結果明らかになっている」

千条の指摘にも、偕矢はまったく平然と、

「だから――男が後から死んだかどうか、ということには全然興味がなかったわけだろう。先に死んでるんだから」

と言った。

「そういう女なんだよ、あれは――自分の音楽以外のことには、全然ピントが合ってないんだ」

そしてふいに、表情を曇らせて、

「――トリビュート・ライブなど無意味だ。やったところで全然、追悼にもなんにもなりゃしない――あの女が、他人が演奏する曲などで喜ぶものか。全部――馬鹿にしきっているんだから」

と、これは力なく呟いた。それまでの不遜《ふそん》さのかけらもない、急に老け込んでしまったような声だった。

「…………」

伊佐たちはまた顔を見合わせてしまった。伊佐と奈緒瀬はやや難しい顔になっているが、千条は単に〝よくわからない〟という表情である。

千条はそのまま、次に誰も何も言わないので、

「ところで、あなたは数日前に、準備中のライブ会場に姿を見せていますね？　何をしに立ち寄られたのでしょうか」

と質問した。そもそも彼らはその質問のためにここに来たのである。

「別に――近くまで行ったから」

「ここに籠《こ》もられているのに？」

「だから、籠もってるわけじゃねえよ――深い理由はないって言っただろう」

「しかし、亡くなったみなもと雫さんにあなたが固《こ》執《しつ》しているのは明らかなようですし、ライブにも否

定的か肯定的か不明瞭ではあっても、そこに何らかの関心がおありになるのも事実でしょう」

千条の言葉は鋭いようでいて、どこかズレている。

「………？」

偕矢も不審そうな顔つきになっている。千条はむろんお構いなしで、

「あなたは、そこで何かを拾ったという証言があるのですが」

と、さっさと本題に入った。

「ああ？」

「不審な紙切れを、見つけたのではありませんか」

「ああ――あれか、あのペイパーカットだろう？」

その単語が唐突に出てきたので、伊佐と奈緒瀬の眼の奥に驚愕が走った。悟られる愚は犯せないので面《おもて》には出さなかったが――動揺はした。

しかし、千条にはそんな揺れは皆無で、

「ペイパーカットというのは？」

と淡々と訊く。偕矢の方もどうということのない調子で、

「そういうまじないがあるんだよ――何度か見たことがある。誰がやり始めたのか知らないが、最初にああいう不気味なことを書いて置いておくと、その後の災厄が防げるってな」

と軽く言った。

「それは、相当に広まっている習慣なのですか？ 少なくとも、あのトリビュート・ライブの関係者は誰も知らないようでしたが」

「ほう、そうだったか。……まあ、マイナーなのかも知れないな。しかし――」

偕矢は片方の眉をちょっと上げて、言った。

「俺はそいつを、みなもと雫から教わったぜ。彼女はよくそれをやっていたみたいだ。そんなことも知らないような連中が、トリビュートとか言ってるわけだな」

「みなもと雫が、ペイパーカットというものを知っ

ていた――とおっしゃる？」

「もともと口から出任せで突拍子もないことをよく言う女だからな。そのひとつだったのかも知れない」

「なるほど――」

千条はうなずいた。

「では、この紙切れを置いたのはあなたですか」

淡々とした調子で、ある意味自分たちが派遣されてきたことを全否定するようなことを、この男は簡単に口にする。

「いいや。俺じゃあないな――俺が見つけたんだからな」

「自分で置いたように見せかけた、のではないというのですか。もしそうであれば、ここで正直に言ってください」

「おいおい、ずいぶんムキになるな。どっちにしろ大したものでもなかろう」

「しかし、一般的にはこれは明らかな脅迫行為ですね――ひとつでも脅迫状の類の出自《しゅつじ》が明らかになることは、負担がひとつ減りますから」

「ふうん――だが、残念ながら俺じゃないな。いや、ほんとに。第一、俺としてはそいつを成功のためのまじないだと思ってたんだからな――正直、俺はあんなもの、ブッ潰れてしまえばいいと思うからな」

かなりぎょっとすることを、真顔で言った。

「それは、みなもと雫に対する冒瀆《ぼうとく》だと思うからですか」

「そんなんじゃなくて――なんだかみっともねえ、って思うからよ。参加してる奴らのことは多少は知っている。連中に、恥を掻いて欲しくない」

「どうせみなもと雫にはかなわない、ということを証明するだけ、とおっしゃりたいのですか。あなたも含めて」

かなり挑発的な言い方になってしまっていることに、千条は気づいていない。しかし伊佐がそれをなだめるよりも先に、偕矢が、

「そうだ」

ときっぱり返答していた。

「何をやっても、どうせあの女にはかなわねえ――それを思い知るだけだ」

その眼は完全に本気であり、それまで彼につきまとっていたふざけた雰囲気は完全に消えていた。

「ふむ――」

千条がうなずき、場にはなんだか重苦しい沈黙が落ちた。

3

「プロの目から見て、あの人はどうなんですか」

外に出て、三人に戻ってすぐに奈緒瀬は伊佐に訊《たず》ねた。

「怪しいと言えばこの上なく怪しくも見えましたし、あまりにも無防備にも見えました。わたくしとしては判断がつきませんが」

「俺だってわからんよ――」

伊佐は肩をすくめた。

「結局、なんのためにパラディン・オーディトリアムに行ったのかもよくわからなかったしな――」

「音楽的な才能というものは、わたくしには見当もつきませんが――ミュージシャンとは皆、あんなにも屈折しているものなのですか？」

「あいつは特別だろう……たぶん。それとも……」

伊佐としても混乱している。

「……みなもと雫という存在の、他の者に与える影響力を思い知ったというところかも知れない。彼だって、前はあんなではなかったとしたら――」

「ペイパーカットが興味を持つのに、充分な条件があるというわけかい」

千条だけがけろりとしている。

「しかし彼女の死因にはペイパーカットの介在している余地はゼロだよ」

「東澱久既雄だって、直接は狙われていない――どうもワンクッション置いているような感じがするな」

伊佐は考え込んだ。

千条の方は、ふいに奈緒瀬の方を見る。

「さて、東澱奈緒瀬さん？」

「な、なんですか」

急に呼ばれて、奈緒瀬は少しどきりとした。

「あなたの要求通りに、一緒に行動しましたから、今度はあなたの方が約束を果たしていただく番でしょう」

「あ、ああ——そうでしたわね」

奈緒瀬はかるく息を吐いた。

「例の、前の事件の隠れていた情報か。どんなものなんだ？」

「あなた方の車に乗せていただけませんか。車中で話しますから」

「お嬢様を車に乗せたりして、拉致《らち》されたと勘違いされて、襲われないだろうな」

「あら、冗談もお上手ですわね」

「あいにく本気だよ」

伊佐が真面目な顔で睨み続けるので、奈緒瀬は指をぱちん、と鳴らした。

すると物陰から、がっしりした体格の男たちが数人、次々と姿を現した。怪しい者が倉庫に近づかないように、ほんとうに見張りが立っていたのである。

「おまえたちは、別の車でついてこい」

奈緒瀬がぶっきらぼうな口調で命じると、彼らはうなずいて、停められていた車の方に向かっていった。

「さて——これでよろしいかしら」

「ああ、行こう」

伊佐は車のドアを開けて、後部座席に奈緒瀬を乗せた。

今度も運転は伊佐がやり、千条は助手席の装置の前に着く。

車は安全運転で走り出した。

「ところで——お爺さまはあなたたちに変なことを言っていませんでしたか」

奈緒瀬はシートベルトを締めながら訊いた。

「というと？」

「自分は、実は秋葉晋平なのだとか、なんとか——」

「ああ、言っていたな」

「やっぱり……あなたたちには言いそうだと思いました。お爺さまは、気に入った連中にカマを掛けるのが大好きなのです。あまり本気にはしないように」

どうもこの話を警護役の連中に聞かせたくないために、伊佐たちの車に乗り込んできたらしい。

「周りにいた取り巻き連中は誰も信じてなかったみたいだがな。あんたはそれを信じるのか？」

「馬鹿馬鹿しいことですわ」

奈緒瀬が投げやりに言うと、伊佐は首を振って、

「いや——そうじゃなくて、秋葉晋平が最初だと思うか、ということだ」

「——」

「あの爺さんが他人と入れ替わっているとして、それが事実ならば、とても秋葉晋平として死んだ者が唯一の相手とは思えないね——他にも何度かやっているんじゃないのか。あの爺さん、ほんとうは東澱久既雄でも、秋葉晋平でもないのかも知れない」

「——」

奈緒瀬はルームミラー越しに伊佐俊一のサングラスに隠れた眼を見つめた。そしてため息をつく。

「……他言無用に願います。特に、わたくしの家族には、絶対に」

「あんたしか知らない、ということか」

「……お祖母《ばあ》さまが亡くなるときに、わたくしにだけ教えてくださったのです——東澱というのは、実体のない名前なのだ、と」

「ああ、久既雄氏と一緒に権力を創り上げたってい

う蒔絵《まきえ》さんか。夫が入れ替わったのを、そのまま受け入れた人物ということになるな。――噂に聞くところだと、妻というよりも相棒って感じだったって話だが」

「夫婦の間のことなど、孫のわたくしにわかるわけないでしょう」

奈緒瀬はそれだけを言った。入れ替わったときに、蒔絵はもう子供を身籠もっていて、それが彼女たち三人兄妹の父なのだということまで、この男たちに言うつもりはない。

「まあ、そうだな」

伊佐も追及しない。

「それよりも情報を教えてもらおうか。二、三あると言っていたな」

「ええ――」

奈緒瀬はうなずいた。

「ペイパーカットが、どうやってあのホテルに侵入したのか、その手掛かりのようなものが判明したのです」

「というと？」

「ホテルの正規従業員の一人が、事件が起きる一週間ほど前に急死しているのです。まだスイートルームに予告状が届く前に」

「なんだと？　そんなことは資料にはなかったぞ。記載漏れか、わざと隠していたのか？」

「どちらでもありません――死体が発見されたのが、今朝でしたから。自宅のマンションで、布団に横たわったままになっていました」

「一週間、発見されなかったのか？　腐敗は――」

「ほとんどありませんでした。部屋はエアコンが動きっぱなしで低めの温度に調整されていたし、死んだときに何も体内に未消化物がなかったし、それより何より――外傷がどこにもなかった。疾病《しっぺい》の痕跡もゼロ。死因を無理に探ろうとすれば、心不全としかいいようがないが、もがいたり苦しんだりした痕跡もなし――」

奈緒瀬が淡々と言っているそこに、千条が口を挟んできた。

「部屋から何か紛失物があったのですか？　それとわかるものが？」

「ええ――なかなか興味深い物がなくなっていました」

「なんだ、それは？」

伊佐の顔はすっかり苦り切ったものになっている。これが何の話なのか、とっくに彼も承知している。

「宝くじでした――死んだ男はギャンブル狂で、賭博関係のあらゆるものに手を出していましたから、大量の宝くじが現場には残されていました。買い込んだままに、束《たば》ねられて、きちんと保管されていました。――ちなみに、お二人は宝くじを当てる人間というのは、どういう人だかおわかりになりますか？」

「大量に買い込んでいるんだろう。それこそ千枚万枚と。しかも仲間でつるんでいて、当たったら皆で山分けする。ほとんど事業投資だな」

「ええ、しかし彼は一匹狼で、だから滅多に当たらなかったようです――それでも相当数の宝くじがありましたが、その通し番号がひとつだけ抜けていたのです。その番号が――」

「全部、七だったりしたのか？」

伊佐が適当に言うと、奈緒瀬は眼を丸くした。そして、ため息混じりに、

「――その通りです」

と言った。

「なんてわかりやすいんだ。うんざりするな」

伊佐の渋い顔がますます渋くなる。

「現場で、予告状は見つかったのか？」

「発見できませんでした。そして、彼の死が判明した後で、ホテルにその後の彼の欠勤をどう扱っていたのかと訊くと――誰も、彼が休んでいると思っている者がいなかった。ついでにタイムカードまでき

ちんと押されていました」

「…………」

伊佐はさすがに、少し考え込んだ。

「……その間、奴がすり替わっていたというのか？」

「それはわかりません。いたような気がするが、ではっきりとここにいたと言えるかと訊かれても、誰もまともには答えられませんでした」

「典型的な事例ですね」

千条が無感動に言った。そして訊く。

「その従業員はどのような人だったのでしょう」

「賭博が好きなので、当然借金が相当ありました。そして故郷にいる母親は重病を患《わずら》っていて、手術代が必要でした」

「……あまり聞きたくない話になってきたな」

「そうでしょうね――でも、彼には金を確実に作るアテがなかった。自分の人生にも絶望していた。そして彼は、つい先月――サーカムの生命保険に、特記条項付きで加入しています」

ペイパーカットが絡むことであれば、無条件で金が下りる――それがサーカム保険の一貫した姿勢である。

「なるほど」

千条は単に納得した、という顔をしてうなずいた。

「クソ忌々しい――」

伊佐は不機嫌さを丸出しにしていた。ハンドルを握る手が、やや小刻みに震えている。

「ちょっと――大丈夫ですか？」

奈緒瀬が心配そうに訊いた。

「かまうな。それより――話の続きだ」

「一応は、事件に直接結びついている件ではそんなところなのですが――不審な死亡事件ということで言うならば、あちこちに似たようなことがあります。例えば、現場のホテルに比較的近い路地で、少年と少女が死んでいるのが見つかっています。この二人は警察にも何度か補導されていて、しかも過去には通り魔的な殺人事件の容疑も掛けられたことのあった不良でしたが――これも死体には明確な死因が見当たりません。もっともこの二人はかなりの薬物常習者だったようで、家族も捜査を求めず、警察でも簡単に急性中毒症状だろうと検死も掛けずに処理してしまいましたが」

「……死ぬ奴は多いからな。所轄では全部を検死に掛けていたらたちまち予算が尽きる」

「そういうことで、特に関連性は証明されていませんが――その少女の方の遺留品の一覧を、彼らの友人と称する者たちに見せてみたところ――パンダのストラップがあったはずだというのです。何でも死んだ少年からプレゼントされた物だということで、いつも大切にしていた、と。百円ショップの安物だったそうですが」

細かいことまで抜かりがない。部下に調べさせたにしても、東澱奈緒瀬の凄まじい捜査能力は警察が裸足《はだし》で逃げ出すレベルではある。東澱の名をちらつかせれば警察の情報をいくらでも引き出せるのだから、当然といえば当然であるが。

伊佐たちもそのことには特に驚きも不信感も抱かず、

「そいつらの死亡時刻は？」

とさらに質問した。

「ホテルで、秋葉晋平が死んだ約二時間後です」

「予告状は？」

「見つかりませんでした。それに道端でしたから、あったとしても風で飛ばされてしまったでしょうね」

「発見できたり、できなかったりですか。何のための予告なのか、はっきりしませんね」

千条が当然の疑問を口にした。これに伊佐が、ぼそりと呟くように、

「むしろ、大っぴらには見つけられない方が多いのかも知れない――」

と付け足した。

「奴は、おそらく我々の眼の届かないところでも、人を殺し続けている――何が怪盗だ。奴はただの人殺しだ」

「しかし、予告状というのは、誰かに見られていなければ意味がないはずだね――それが見つからなくてもいいというのはどうしてだろう」

「必要があるときと、ないときがあるのでしょうか？」

「周囲の反応を観察したいときと、そんなものはどうでもいいときがあるんだろう――標的が死ぬことで、大騒ぎになるときは目立つように出すし、その見込みがないときは――いや」

伊佐は言いながら、しかし自分が初めてペイパーカットと遭遇したときのことを思い出していた。

そう、あのときは彼女しかそれを見なかったし、予告状そのものでは大事にもならなかった――しかし、それが彼の運命を大きく変えてしまったのだった。

（俺と、こいつと――）

横目でちら、と千条雅人を見る。

何かが大きく、動く――そのときをこそ、狙っているのだろうか？

「しかし――いずれにせよ、事例の間には何らかの関連性はありそうだ」

千条は伊佐の葛藤《かっとう》などお構いなしで、自分の論理を展開する。

「どこからそのホテルの人をマークしたかはわからないが、とにかくその彼から、東澱久既雄の影武者の方に標的を移していて、そしてその作業を終えた後の移動の段階で、行きずりの少年少女を標的にしている――でも、その次がどうして急に、みなもと雫のトリビュート・ライブになるんだろうね。予告状が発見されたのは、秋葉晋平氏が死ぬ前のことだし」

「そう言えばそうですね――どういうことでしょう

か」

奈緒瀬も千条の疑念に同調した。

「なにかつながる要素があるのか、それとも――ライブの方は日付が決まっていたから、その間に他の者もついでにやった、ということなのか」

「ついで、ですか――」

さすがに奈緒瀬がやりきれないというような表情を、ちらと浮かべた。悲しい訳ではないが、苛立たしい。彼女はその不快さそのままに、

「しかし――ホテルの従業員になりすましていることから見ても、ペイパーカットはキャビネッセンスを見抜いたり、様々な人間の姿に見せかけることはできても、物理法則を無視して、瞬間転移で部屋にいきなり侵入したり、壁を抜けたりすることができないということはハッキリしましたね。奴は特殊かも知れませんが、万能に何でもできるわけではない――」

と、その相手をさげすむ発言をした。

「そうだな――それは言える」

伊佐もうなずいた。

「今も、どこかに潜んでいるはずだ――案外、誰かを騙して居《い》候《そうろう》でも決め込んでいるかも知れない」

「その件に関しても、実は情報があります」

奈緒瀬は言った。

「ペイパーカットらしき者の目撃情報が、この近辺の裏カジノで認められました。一億円相当の勝ちを拾っていった者がいるのですが、周囲の者たちが後で確認してみたところ、その印象が一致しない――大男だったり、小男だったり、若い女だったり――」

「カジノ？　そこでは何も盗まなかったのか」

「ええ、ただポーカーでボロ勝ちしただけです」

「そうやって生活費を稼いでいるのか、奴は？」

「さあ――少なくとも、その金はそのままでは使えませんけれど」

奈緒瀬のさりげなく言った言葉に、伊佐は反射的

にブレーキを踏んだ。

車は路肩に寄って、停まった。

「――どういう意味だ？　まさか――」

顔色が変わっていた。

奈緒瀬はうなずいた。

「そう――その裏カジノでは、会員を限定する理由もあって、現金をそのまま賭けたりはできない――USドルに換金させてから、それを賭けるのです。そして飛び入りに近かった奴は、それを円に戻せないまま、持ち帰っている」

「なるほど」

千条が呟く。

「この近辺でドルが急に動くところに、奴がいる可能性が極めて高い、というわけですね」

「……ずいぶんと簡単に引っかかったな」

伊佐の眼にはさすがに疑いの色が濃いが、だからといってこの手掛かりを無視するはずもない。

「裏カジノと言っていたな――ドルに換金ってことは、金主《きんしゅ》は銀行か？」

「ええ。本店は都心ですが、このあたりにも三つの支店があります」

「いや――ちょっと待て。その銀行というのは、トリビュート・ライブをやるあのホールの、出資者に加わっているヤツじゃないのか？」

思い当たった伊佐の指摘に、奈緒瀬は静かに、

「ええ、そうですわ」

とうなずいた。

「とすると――簡単に引っかかったわけでもなさそうだな」

「ペイパーカットの〝流れ〟としては自然な行動なのかも知れないね」

千条も、落ち着き払った態度でうなずいた。

「慎重に行く必要がありそうだ」

伊佐はまた渋い顔に戻っていた。

CUT/6.
Norio Sagara
&
Kumiko Sawasiro

どこまでも遠くに行けそうで、でも迷ってて

――みなもと雫〈ドロップ・オフ〉

1

どうしてこんなことになってしまったのか――相良則夫はまだ混乱していた。

「うう……」

「ちょっと……変な顔するのはやめなさいよ」

横にいる沢代久美子が小声で囁くが、彼女も彼に負けず劣らず、顔がひきつっている。

そこは街の大通りに面した喫茶店である。

彼らが座っている席の、窓の向こう側に建っているのは、例の銀行である。

彼らの前には、飴屋も腰を下ろしている。

「別に、そんなにピリピリすることもないだろう。別に君らが、悪いことをしようっていうんじゃないんだから――」

このモデルのように目立つ男は、屈託なくニコニコしている。

こんな人間と一緒にいたのでは、自分たちも目立つのではないかと則夫と久美子は気が気でないが、しかし相変わらず、誰も飴屋の方に注意を向けもしない。むしろキョロキョロしている則夫たちの方が時々、奇異な目で見られている始末だった。

「い、いや――でもやっぱりまずいんじゃないのかな……」

「君たちが抱えている負債は、実は他の連中から押しつけられたものだという見方もできる。しかも連中は企業だから、君たちのような生活の不安などまるで関係ないんだよ。肩代わりしてもらうことに後ろめたさを感じる必要はない」

「そ、そうよ則夫、大体あんたは全体的に腰が引けてるんだから――」

という久美子の方も、充分に顔がひきつっていた。

彼女の足元に置かれているバッグには、一億円相当のドル紙幣が詰まっているのだから無理もない。

「さて――段取りを確認するが」

飴屋が二人を交互に見た。

「要は、君たちの負債の処理を銀行に引き受けさせてしまえば良いわけだ。元々金を借りたのも銀行が主なのだから。十二億円の不良債権など、大して珍しくもない。だが問題は、どうやって向こうにそれを納得させるか、だ――」

「お、脅して、それで言うことを聞くかな」

「素直には聞かないだろう。だから君たちが警察を呼ぶわけだ。銀行としても警察に来られては、事をうやむやにごまかすしかない」

「そんなに簡単にいくかな」

「失敗したら、君たちはあくまでも被害者だと言い張ればいいんだ――私が勝手にやったことだと、な」

飴屋は平然と言う。

「あんたはどうなるんだ？　捕まってしまうぜ」

「ああ――大丈夫。そうなったとしても、せいぜい国外退去になるだけだろう」

飴屋はとにかく自信たっぷりという感じである。

則夫と久美子が、こんなやばそうな話に乗ってしまったのは、もちろん切羽詰《せっぱつ》まっていて、半ば正常な判断力を失っているからだが――飴屋のこの雰囲気に呑まれているところが大であった。

「ところで――この話がうまく行こうが行くまいが、君たちはあのマンションを失うことになるが……それでもかまわないんだな」

飴屋の言葉に、二人は「う、うん」とうなずいた。

「元々、分不相応だったし――肩の荷が下りてくれた方がすっきりするよ」

「あれだけの財産だと、人によっては生命よりも大切ということにもなるんだが――そういう執着はないかな。ましてや、親の形見でもある」

「親父としては、きっと造った後でうまいこと転売しようとしていたんだと思うよ。だって自分たちが住んだらどうかってこと全然考えてないんだものな。コスト面でケチって、変なトコが不便だし――住む人のことをあんまし考えてない。だから売れなかったんだよ」

「なるほど――では、君たちにとって生命と同じくらいに大切な物というのは、なんなんだろうな？」

そう訊いた飴屋の声はあまりにもさりげなく、そのときの異様な眼光には二人とも気がつかなかった。

「普通の人間であれば一生掛かっても手に入らないような財産すら捨てても、なお生きていこうと思えるだけの、そういう理由が君にはあるというわけだ――なかなかに興味深い話ではあるな。それは、久美子さんも同じなわけだが」

「いやあ、そんな大した話でもないよ。俺なんていい加減なだけさ」

「ほんとにいい加減なんで、困るんですけどね――私としては早くさっぱりしたいだけです」

「ふむ――」

飴屋は二人を交互に見比べた。そして呟くように言った。

「君らは、自分たちが珍しい存在だと思うかな。特別な存在だと感じるか？」

「いや、普通のありふれた人間だよ。ただ、ここんトコちょっとツイていないだけで」

「私は、最初からフツーですから」

大した考えもなしに、二人は言った。

これに――飴屋が首を横に振った。

「そうでもない――君らは、とても貴重な存在だ」

「へ……」

「私がこの姿で見えるということは――君らのキャビネッセンスが、決して奪うことのできないものであるということ――お互いのことは、決して誰にも奪えない――そういう存在だ。だから――それが変わらないことを祈るよ。人の心がどんなに移り変わるものだとしても、いつまでも――」

そして飴屋は、ドル紙幣の詰まったバッグを手にして、立ち上がった。

きょとんとしている二人に、素っ気ない口調で、

「いいな——私が銀行に入ってから、十分後ぐらいに怪しい奴らが銀行に入ったと通報しろ」

と言い捨て、返事を待たずに飴屋はそのまま伝票の紙切れを手にして、レジで手早く精算を済ませて店を出る。

「…………」

「…………」

取り残されたような形になってしまった則夫と久美子が、茫然としてその飴屋の後ろ姿を喫茶店のウインドウ越しに見送る。

彼らは、しかし気がつかなかった……その飴屋から少し離れたところから、彼の持っているバッグにのみ注意を集中させた、一人の男が彼の後を正確に追っていったことなど……。

2

どんな街にも、そういう奴が必ず一人はいる。

そんな目立つわけではない。たとえばあまりにも目に付かない人間であれば、たまに出てくればおやと思われるが、それほどでもない。なんとなく馴染みのような、しかし大して知っているわけでもない——石川謙一《いしかわけんいち》はそういう男だった。いつもは大抵パチンコ屋にいるとみんな思っているが、しかし実際にそこで見たことのある者はあまりいないのに、そのことには気がつかれていない。本人に訊くと「たいていパチンコだ」と言われるので、それを疑わない——それほどの関心を持たれない。石川はそういう男である。

石川は始末屋だった。

その呼ばれ方は必ずしも固定されていないし、人によってはもっとあからさまに殺し屋と呼ぶ者もい

るが、別に殺しだけを専門にするわけではない。

色々な厄介事を始末するのが仕事なのだ。後腐れなく、そのことについてもう誰も問題にしないような形で、闇に葬《ほうむ》る――それが石川の職務内容だった。

かつてはとある地方政治団体のために活動していたのだが、時世が変わり、その団体もなくなり、今ではこの街に流れ着いている。

そして今回も、そのトラブルの始末が石川のところに持ち込まれた。

「とにかく、厄介なことになった――」

その依頼主は、別にヤクザというわけでもなく、普段はスーツを着てネクタイを締めて勤めに出る、規則正しい生活を送っている男だった。

「約八千枚のグリーンバックだ――それが外に出てしまった。なんとか回収しなきゃならん」

グリーンバックというのはドル紙幣の隠語である。ただしわざわざそんな言い方をするのは、それが特別な場所で変わった使われ方をされるものであることを示している。

「換金させなかったのか」

「額が大きすぎた――それに、そいつはほとんど換える様子もなく、そのまま出ていってしまったらしい――常連で、また来るつもりなんだろうと思ったとか受付の奴は間抜けなことをぬかした」

「尾《つ》けさせなかったのか？」

「もちろんやった――だが一分と経たずに撒《ま》かれた。どこにいるのか見えなくなった、とかふざけたことを言いやがって――」

ぴく、と石川の眉が少しだけ動いた。

「見えなくなった――だと？」

「何に気を取られたんだか――とんだ無能揃いだ。自分が何を追っていたのか、その印象が急になくなったみたいだった、とかなんとか――」

「――」

石川は、その表情がいつになく険《けわ》しくなっている。依頼者の方は、どうせ始末屋はいつでもそんな顔なのだろうとそのことには気づかない。

　相手に自分の気配を悟らせない、というのは石川のような仕事の人間にとっては基本である。同類の匂いを、彼はそこに嗅《か》ぎ取っていた。しかも――

（そこまで手際がいいとなると、もしや――）

　彼の脳裡には、数年前に別れたっきりの甥《おい》っ子の顔が浮かんでいた。

「とにかく、あれが表に出るとなれば面倒なことになる――回収が無理ならば、処分してもかまわない。手段は問わない」

　依頼者は簡単に言ったが、これは要するに、標的はもとより――目撃者の類に至るまで、始末してしまってもかまわない、ということであった。

「わかった」

　石川はうなずいた。

　彼には、ある程度その標的の行動の予測がついた。

　なんでわざわざ目立つことをするのか、というと、これは示威《じい》行動である可能性が高いと見たのだ。

（相手が一人であれ、チームであれ――目的は銀行そのものだろう）

　その内容についてまでは取り立て考えない。とにかくマークすべき先として銀行を考えればいい。

　そして――八千枚のグリーンバックを持ち歩くとなると、その荷物は相当な物になる。かさばる荷物、それを持っているというだけで、ある程度は目安がつく。

　そして――発見した。

　それらしいバッグを持っているのはすらりと背の高い見知らぬ男で、彼の甥ではなかった。少しばかりほっとしている自分に気づいて、石川は心の中で苦々しい気持ちになった。

　そう――彼が始末屋として幼い頃から仕込んで一

流に育て上げたその甥は、彼と別れる際にこう言ったのだった——

〝ああ——もう無理だな、あんた。限界だよ。この商売には向かなくなっちまった〟

そう言い捨てて、それまで相棒であった甥は姿を消してしまった。五年前だ。それきり一度も会っていない。

仕事の最中に、敵の素性を確かめて安堵を覚えるというのは——確かに甘すぎる感性である。

（——ちっ）

石川は殊更に、その通りを歩いていく男には注意を向けないようにした。見ているのはカバンだけだ。

（引ったくることができれば、それに越したことはないが——）

この白昼堂々と、人の往来のある道でいきなり殺すわけには、さすがにいかない。

男が、ふいに道の真ん中で立ち止まった。

そして、ゆっくりと周囲を見回す。

石川はとにかく、その男の顔を直接は見ない。少しでも視線を感じられたらアウトだ。

「…………」

男はかすかに、首を振りながら肩を揺らしていた——声を出さず、笑っているようだった。

（なんだ——何がおかしいんだ？）

男の顔を直に覗き込みたい衝動を、石川は必死で抑えた。

男は、停まったときと同様に、何気なく歩き始めた。

ここで——石川はやっと、少し異常だと思い始めた。

男が停まったり、動いたりしているのに、周囲の人間がその行動にまったく反応していないようなのだ。

彼が急に停まったので、驚いてのけぞるとか、急に歩き出したのでちらっと見るとか、そういう事が一切、ない――。

まるで――そこに誰もいないかのように。

「………」

男はためらいのない足取りで、そのまま銀行の方に入っていった。

(さて――どうするか)

銀行の中で、個室の方に行かせることができれば、もう何の問題もない。銀行の連中と裏から接触を取って、その部屋で片付ける。しかし――当然のことながら、銀行に普通に勤めている窓口の者などは、自分たちの上の方がやっていることなど知らないし、知られるのもまずい。

(その辺の折衝が問題だな――頭取か副頭取クラスを呼び出すか)

石川がそう考えているとき、銀行の横の駐車場に一台の車が停まった。

三人の男女が、そこから素早い動作で姿を見せる。

その内の一人、サングラス姿の男を見て石川は本能的に、

(――できる)

と感じた。修羅場慣れして、しかもその中で生きている奴だ。しかも感触としては、警察関係というか、軍人系というか、そういう方に近い。少なくとも肩書きは堅気《かたぎ》だろう。

残る二人の長身の男と金持ちそうな若い女の方はぴんと来ないが、あのサングラス男は何か危険だった。

しかも、連中はそのまま今のバッグ男が入っていった銀行に直行していく。どう見ても、ただの金銭的な取引をしに行くとは思えない。

(何者だ――あいつらの目的は――?)

なんだかわからないが、ひどく嫌な感じが石川の全身を包んでいた。

自分が、全然関係のないはずの、異常な出来事に巻き込まれているのではないか――冷汗のように、

その認識が背筋あたりにべったりと貼り付いている。

　離れた方がいい——そう直感の方は告げているが、しかし彼はプロであり、仕事を受けてしまった以上、それを無視しては生きてはいられない。立場的にも、そしてプライドの問題としても——。

　石川も、その一歩目を踏み出す——。

3

「ここが例の銀行だね」

　千条が車から降りながら言った。

「この近辺では最も大きな支店ですから、当たるとしたらここからでしょう」

　奈緒瀬も鋭い視線を建物に向ける。

　彼らが停まった駐車場の他に、銀行に半ばくっついた形で立体駐車場が建っている。銀行利用者の大半はそちらに停まってくれ、ということなのだろうが、下のここが空いているということは、向こうはガラガラであるはずだ。建てたはいいが、車で乗り入れるには場所が悪いのだろう。

「…………」

　伊佐は、まださっきの渋い顔のままである。

　彼は、あれからずっと考え続けているのであった。

（ペイパーカットは……どういう基準で、事態を動かしているんだ……？）

　すぐにバレるような痕跡を残し、まるで追いかけてこいと言わんばかりではないか。

「…………」

　その伊佐の割り切れない感じの顔を見て、奈緒瀬が、

「——どうかしましたか？」

　と訊いてきた。すると伊佐は彼女の方を見ずに、

「あんたは、車の中で待っていたらどうだ」

　と言った。

「窓にも防弾処理がしてあるから、撃たれても大丈夫だぞ」

言われた奈緒瀬は、ちょっと眉を上げて、上目遣《うわめづか》いに伊佐のサングラスを睨むようにして、

「それは何の冗談ですか？」

と挑発的に言った。

「後から来ている警備の連中と合流してからでもいいだろう、あんたは」

「あなた方には待つつもりはないのでしょう？」

「まあな」

「では、わたくしも待ちません。行きましょう」

彼女は一人で、すたすたと銀行入り口の方に向かってしまう。

「仕方ないね。僕らも行こう」

千条がさっぱりとした言い方をして、彼女の後から走って追いつき、横に並んで進んでいく。

「――ちっ」

何に対してかはわからないが、なんだか腹立たしく、伊佐は二人の後を追いかけるようにして、ついていった。


自動ドアが、開く――。


奈緒瀬が何気なく店内に足を踏み入れようとしたそのとき、さっ、と彼女の行く手を千条の腕が遮った。

それは駅の自動改札で、機械に遮られたときのように容赦なく、腕が踏切のようにばっ、と上がったのだった。

「――あの」

奈緒瀬が千条を見ると、彼は無表情で、銀行内に素早く視線を巡らせて、眼が一箇所に留まらない。

その口から、言葉が漏れ出す――。

「……〝状況に不確定要素を検出。人物間に行動と姿勢の不一致あり――存在の可能性、大〟……」

奈緒瀬は意味がわからず、きょとんとして――そ

の背後から、伊佐がすごい勢いで店内に飛び込んできた。

「――どけ！」

奈緒瀬を後方に押しのけるようにして、自分が真っ先に店内に入る。

伊佐は銀行内を見回し、そして――彼の眼にひとつの人影が留まった。

奥の方の、外国為替用の窓口にいる一人の男――その長い髪の毛は、まるで金属のような銀色をしていて――

そいつも、伊佐の方を向いている――微笑んでいる。

「……やあ、伊佐俊一くん――」

囁いたその声が、たくさんの人がいる中で伊佐の耳元に響くようにして聞こえた。

記憶が……その記憶はないのに、心の奥にある印象が、そいつを――それだと言っていた。

「き――貴様は……！」

伊佐はそいつめがけて走り出した。

と、同時にそいつも身をひるがえしている。その向かった先は伊佐たちのいる入り口方向でも、大勢の客がいるフロア向こうの非常口でもなかった。

高いアクリル板で遮られている窓口を、驚くほどに自然な、しかし圧倒的な跳躍力で一跳びに乗り越えて、カウンターの向こう側に降りる。

「きゃあああっ！」

という女子行員の悲鳴が響いた。

強盗だ、という頼りない声があちこちで同時に発せられた。

伊佐は、彼もためらわずにカウンターに足を掛けて、自分も中に飛び込む。跳びすぎて着地にしくじって、テーブルの上に転がるように落ちた。その上で数えられていた札束が舞い散る。

「――な、なんですかあ？」

そこにいて作業していた行員が、判断停止であやふやな声を出す。

伊佐はすぐに飛び起きて、店内の奥に既に走っているそいつを追いかけていく。

千条が、無表情のままその後をついていく。つかつかつか、という早足のような足取りであったが、なんだか異様に速い。走っているのと同じ速度だった。

彼はアクリル板を飛び越えたりせずに、彼から見て最短距離であるカウンター内と外を区切っているドアを、普通の動作で開けて、入った。鍵が掛かっていたはずのそこからは、ばきっ、という異音が聞こえ、開けられたドアはぷらぷらと揺れて、もう二度と閉まらなくなっていた。

「伊佐——見抜けたかい」

「千条！　俺のさっきの視線の先の奴を〝対象〟として認定しろ！」

「了解。今の君の行動から、目標を設定したよ」

「行くぞ！」

二人は大混乱の行内には眼もくれず、そいつの消えた建物奥へと走り込んでいった。

誰かが、警報を押していた——じりりりりりりりりりり、というサイレンが辺り中に響きわたっていた。強盗用の警報には、音を立てずに警察に通報だけするものと、とにかく周囲に異常事態が生じたことを告げるためのものがあるが、どうやらそのどっちも押されているらしい。

「…………」

「…………」

唖然としている行内で、ひとり——東瀬奈緒瀬だけが、苦虫を嚙み潰したような不満げな顔でつかつかと中に入ってきた。

彼女は、伊佐が突撃していった先の、外国為替を扱う窓口のところに行き、そこで対応していた行員の手の中で、ひらひらと揺れていた一枚の紙切れを、ぱっ、と取り上げた。

「あ、ああ――何を？」

行員が慌てた声を出した。

「黙れ」

奈緒瀬は厳しい声で一喝し、その緑色をした紙幣をしげしげと見て、そして――

「……なるほど」

と呟いた。

そのとき、銀行内に奈緒瀬の警護役たちが次々と入ってきた。周囲の者たちはもう唖然としてそれを見送るだけである。

「――代表、ご指示を」

「警察が来る――協力しつつ、少し抑えつけろ。それと、周辺を固めさせて、誰も外に出すな。老若男女問わず、誰でも、だ――」

命じた奈緒瀬は、あらためて目の前の紙幣を睨んだ。

いや――それは紙幣ですらない。

（偽札だわ――ということは、揉み消しに掛かる奴は、ものすごく必死のはず）

表の社会的信用もさておき、カジノで使われていたタネ銭がニセだと知れたら裏社会での立場もガタガタになる――各組織からの集中砲火を浴びる。何があっても知れ渡るのを阻止《そし》しようとするはずだ。

「…………」

奈緒瀬は、さっき自分が見たもののことを思い返そうとした。

伊佐が見つけて、飛び込んでいった相手の、その様子を――しかし、

（思い出せない……なんとなく、中肉中背の中年男だったような気もするけれど、はっきりしない――）

おそらく、もう一度同じ人間が目の前に出てきても、それと指摘することはできないだろう。

「…………」

彼女は銀行の天井の方を見た。

監視カメラがぶら下がっていて、機能していることを示す赤ランプもちゃんとついている。

（――いや、今、確保できれば悩む必要はない）

奈緒瀬は頭を振って、伊佐たちが消えた建物奥の方に向かった。

警護役の者もひとり、その後に続く。

4

銀行の入っているビルは、一階はほぼ全フロアが窓口やら何やらで占領されていて、奥にあるのは階段だけだ。

地下と、上につながっている――その上の方から、たったったっ、という足音が伊佐たちの所に響いてくる。

「上に……？」

地下に――そこにあるのは、さっき見かけた隣接する立体駐車場とつながっているパーキング・エリアであるが――そっちに逃げても、確かに既にその出口はすべて追いついているであろう奈緒瀬の部下たちが固めてはいるだろうが、しかし上には本当に逃げ道などないはずだった。

千条が先に立って、階段を昇っていこうとしたので、伊佐が「おい――」と声を掛けると、

「僕なら、いきなり陰から殴られても即座には崩れないからね」

と淡々と言って、そのまま前進する。伊佐は少し顔をしかめたが、素直に後からついていく。

「千条――」

「なんだい」

「おまえの眼には、さっきの男はどういう風に映ったんだ」

この問いかけに千条は、

「男じゃなかった」

と答えた。

「なに？」

「女の人に見えたね。後ろ姿だったから顔は確認できなかったが、まだ若いようだった。僕の認識野《にんしきや》には、まだ旧来の生物的反応が残っているようだから、その部分でそう見えたのかも知れない」

「女って――それは」

もしかして、おまえの――と言いかけて、しかし伊佐は現在《いま》の千条は彼女のことなど覚えているはずもないことに気づいて、口をつぐんだ。

二階から上は、大口顧客のための接待室や、支店長などの上級職のための個室、会議室などが並んでいるようだった。建物全部、この銀行関係のテナントが入っているようだが、あとから越してきたらしく、エレベーターや階段とフロアが完全に分けられている。

エレベーターの方をちらりと見るが、地下に停まっていて、動いていない。

伊佐は千条の後をついて、階段を昇っていく。

聞こえてくる足音が、途中で途切れた。遠ざかったのではなく、急になくなったところから――そこで停まったのだ。

「四階だ――」

千条の耳が、その位置を特定した。

二人は慎重に進む。

（しかし――他に誰もいないのか？）

確かに銀行支店などでは、支店長といえども実際の店頭窓口付近にいて実務を行うことが多いというが――それにしても、建物の上階に誰もいないというのは少し不自然だ。時間にもよるのかも知れないが――。

二階と三階の間の踊り場まで彼らが来た、そのときだった。

千条の動きが、ぴたり、と停まった。

「――？」

伊佐の訝《いぶか》しげな視線に、千条は身体を少しずらして、踊り場のところを見えるようにして、指さした。

そこに、女子行員が一人倒れている。

「死んではいない。外傷もなさそうだ。頭を打った形跡もない」

千条が手早く確認した。

「だが、完全に気絶している――当て身でも喰らわされたのかな」

「しかし――そんな物音はなかったぞ」

彼女が倒れる音さえしなかったのだ。

「一筋縄では行かないということかな」

二人は、そのまま女子行員をほったらかしで上に向かう。

問題の四階に来た。しかし――。

(さっきの女が無音で攻撃されたのなら、移動も音を立てずにできるはず――おびき寄せられたのか?)

その可能性が高いが、しかし――

伊佐はこちらを見ている千条に向かってうなずいてみせた。

「とにかく、行くしかあるまい――」

二人は四階のフロアに通じるドアを蹴り破って、中に飛び込んだ。

そこは会議室らしく、大きなテーブルが置かれていた。椅子がその周囲で積み上げられている――ほとんど使われていない部屋だ。

そのテーブルの真ん中に、ひとつのバッグが置かれていた。

「…………」

千条は素早い動きでそれに近寄り、かるく小突いた。

バッグの口が開いていて、中身がわずかに見えた。緑色の紙幣だった。

「例の……?」

千条が呟いた、そのときだった。

――ちん、と背後から音がした。

振り向くと、エレベーターがいつのまにかこの階に昇ってきていて、停まったのだ。

そして扉が開いた、その向こうに倒れていたのは――男が一人と、女が一人。

「……！」

伊佐の顔が驚愕にひきつる。

それはさっき見かけた警護役の男と、そして東澱奈緒瀬だった。

「……う、うう」

奈緒瀬の口からうめき声が漏れた。生きている。

「おい――」

伊佐が反射的にそっちに行こうとした。

その瞬間――奈緒瀬の身体がまるでバネ仕掛けのように飛び上がった。

「――――！」

伊佐はとっさに、意識のない彼女を受けとめてしまった――すると、その彼女の陰から、ぬっ、と手が伸びてきて――伊佐の眼のサングラスを、ちっ、と弾き飛ばしていた。

エレベーターの中には倒れている奈緒瀬と警護役の陰に隠れて、もうひとり小男が潜んでいたのだ――始末屋の、石川が。

「――うっ！」

伊佐の弱った眼に、直射光が突き刺さった。彼は奈緒瀬を脇にかかえるようにして、とにかく身をひねった。

バランスが崩れて、二人は階段を転げ落ちていく。

石川はそのまま四階の会議室の中に飛び込んで、テーブルの上のバッグをひったくった。

千条が飛びつこうとするが、石川は椅子を同時に蹴っていた。それは千条の顔面を正確に狙っていた。普通ならば避ける――だが千条はそれを、そのままモロに受けとめて、おかまいなしで石川に掴みかかった。

「――なにっ!?」

鼻血が出て、眼球にも異物が当たって真っ赤に充血し涙もだらだら出ているのに、痛そうな顔をまるでせずに向かってくる千条に、さすがの石川も焦った。その間に、がしっ、とバッグを持つ左手を摑まれた。

物凄い力で、固定された。

（こ、こいつ――）

石川はとっさに、懐から出した小型ナイフで千条を斬りつけようとしたが、千条はこれを巧《たく》みに避ける。

しかし、相手を斬ろうとしたのはただのフェイントだった。

石川はバッグを手離し、己の左手の手首を――摑まれている箇所よりも、やや下の所を自ら斬った。

血管が破れて、血がほとばしる――そしてそのぬめりが、千条が握りしめているその拘束《こうそく》の間に入り込み、滑《すべ》る――つるっ、とまるでウナギを摑もうとしたら飛び出した、という落語のような状態で石川の手がきれいに抜けた。

「――む」

千条は反動で多少バランスを崩した。てっきりこちらの手を斬りつけようとしていたのだと判断していた分、自らの手首を斬るという行為に虚を衝かれた形になった。

石川は再びバッグを摑み、そして――もう後も見ずにその場から逃走した。

「………」

千条はちら、と階段から転げ落ちた伊佐の方を見た。

「――追え！」

伊佐は眼を細めつつ、怒鳴った。その上にはぐったりとした奈緒瀬が倒れている。

「しかし、あれはペイパーカットではないよ」

「それでも倒せ！　あれも殺し屋だ！」

「了解」

千条は素直に、自らも階段をほとんど落ちるような勢いで駆け下り、石川を追っていった。

「う、うう――」

伊佐の上にいる奈緒瀬が呻きつつ、上体を起こした。

「悪いが、そこのサングラスを取ってくれ」

伊佐が苦しげに言うと、まだぼんやりしている奈緒瀬はその通りにした。

それから、はっ、と我に返る。

「――な、なんですか、今の……？」

「おそらく、裏カジノがらみで誰かに雇われた奴だろう……」

伊佐はサングラスを戻しながら言った。

「ペイパーカットは――くそ、とっくに逃げたらしい……ハメられた」

「……い、いや、そうじゃなくて――」

奈緒瀬はまだ混乱していた。

警護役と一緒に上に昇ろうとして、エレベーターの所で襲われて――そして、

「…………」

急にその顔が真っ赤になる。

「ど……どういうことなのですか！」

突然に怒鳴った。

「あまり気にするな――隠れ蓑《みの》に使われた分、殺されなくてよかったじゃないか」

伊佐はエレベーターの方に向かう。中に警護役の者がまだ気絶しているが、そいつを奥に押し込んで乗り込む。奈緒瀬もついていく。

「どういうことなのですか！」

また奈緒瀬が大声を出した。伊佐は返事をせずに、地下階のボタンを押した。

ケージが下降し始める。

「どうして――あなたはわたくしの方に来たのですか！」

奈緒瀬が伊佐に向かって怒鳴った。

「はあ？」

「あなたは最初に言いましたね――わたくしを助ける余裕はないと。どうしてその通りにしなかったのですか！」

「ああ？」

伊佐は唖然としている。彼女が何に怒っているのか、まるで見当がつかない。

「何言ってんだ、あんたは」

「だって——わたくしをかばったから、サングラスを取られたりして——失明したらどうするんですか！」

倒れていた間にも多少の意識はあって、その記憶が戻ってきたらしい。

「見捨てりゃよかったのか」

「そうですよ！」

「無茶言うな」

伊佐が顔をしかめたそのとき、エレベーターが地下に着いて、停まった。

そこでは——。

5

「う、ううん——」

階段の踊り場で倒れている女子行員は、誰かの声で眼を醒ました。

〝……もし、もし——大丈夫ですか〟

その声は優しく、穏やかで——彼女はなんだか自宅で、布団の中で目覚めたときのような錯覚さえ覚えた。苦痛は皆無だった。

「う、ううん——」

眼を開けると、そこには——おや、と思った。なんだか一瞬、理解できず——。

「……大丈夫ですか？」

と訊いてきたのは、どう見てもお巡りさんであった。

「え、えと——私……？」

「この銀行に強盗が入って、今は逃走中なのです。

あなたはここで倒れていたのですが、お怪我は？」

その警官は実務的に訊いてきた。警官だという印象が固まると、それはさっきのような優しい声にはもう聞こえなかった。

「え、ええ——大丈夫みたいですけど」

「襲われたのですか？」

「痛くは、ないんですけど——」

「とにかく病院に行って、検査を受けた方がいい。頭を打っているのかも知れない」

警官に促《うなが》されて、彼女は一緒に一階の方に行った。

「大島《おおしま》くん、どうしたんだね？」

上司に驚いた声を上げられた。

「ちょっと退《ど》いてください。彼女は病院に行かせますから」

警官の言葉に、そこにいた奈緒瀬の警護役と、とにかく警報を受けて最初に着いただけの巡査が振り向いた。

「いや——しかし、誰もここから出さない方がいいと」

「彼女は気絶していたんだ。警察病院で検査してもらった方がいい」

「うーん、そういうことならパトカーで運ぶか」

「やむを得ないな——代表も納得するだろう」

「い、いやその私は——」

「わかった。じゃあ案内しますので、こちらへ」

彼らは一塊《ひとかたまり》になって、銀行の前の駐車場に移動した。

「あ、あの——あれ？」

パトカーに乗せられた女子行員は、窓から周囲を見回した。

最初に助けてくれた、あのお巡りさんがいつのまにかいなくなっていた。

（ていうか——あのひと、どんな顔してたっけ……？）

助け起こされて、その顔を目の前で見たはずなのに——印象が残っていない。
別の巡査が運転するパトカーで、彼女はその場を離れていった。

「…………」

それを見送る者は、もう銀行の敷地から出ていて、しかも誰も彼の方に視線を向けない。彼はきびすを返して、その場から離れていく——そのポケットから、一枚の紙切れを取り出しながら。

＊

（とにかく——グリーンバックは押さえた）

手首の出血を止血しながら、始末屋の石川は階段を駆け下りていく。

（今は——こいつを処分するのが先だ。逃げなければ——）

背後から、足音というにはあまりにも、どん、どん——と間隔《かんかく》が空きすぎている音が追いかけてくる。

あの奇妙な背の高い男が、階段を跳ぶように落ちるようにして駆け下りてくるのだ。

（なんだ、あれは——？）

彼は、これまで多くの連中とやり合ってきた。その相手には生命知らずのヤクザの鉄砲玉もいたし、公安警察の人間もいた。外国の諜報部員などという、ほとんど映画のような敵もいた。

しかし、そのどれにも似ていない——というよりも、

（人間——なのか？）

それ自体がなんだか信じられない。たとえば薬物中毒でほとんど感覚がなくなっているゾンビのような暗殺者というのもいる——しかしそれですら、あれに比べると遥かに——そう、殺気がある。

こっちにあそこまで真っ向から突っ込んできたのに、全然プレッシャーを感じないというのは一体ど

ういうことなのだ。

今も——感じる恐怖が、強敵に追われているというよりも、迫ってくる雪崩《なだれ》から逃れているような質のものにしかならない。

逃げる先として一階は、人が大勢いるから当然無理である。本当は二階から裏に飛び降りようと思っていたのだが——無理だと判断した。

そういう強引なだけの方法だと、絶対にあれを振り切れない——もっと強引でなければならない。

だから地下へ向かった。もう、多少人目につくことなど考慮してはいられない。

石川は地下駐車場まで、なんとか辿り着いた。

彼は街中に、あらかじめアシを用意している——この駐車場にも、車を前もって停めてあったのだった。出入り口には警察などが張っているだろうが、もうそんなことにかまってはいられない。

車に飛び乗り、そしてすぐにエンジンを掛けようとして——しかし、間に合わない。

だん、と背の高い男——千条雅人が車のドアに右手を掛けて、そしてその固定を利用して、いきなり——何のためらいもなく、ウインドウを左拳で殴りつけた。

石を投げつけたとしても、車の窓というのはそう簡単には割れない——それなのに、千条の生身の一撃で、窓は粉々に砕け散った。千条自身の拳も裂けて、血が流れていたが、そんなことにはまったく動じずに、そのまま石川の首筋を摑んできた。

「——ぐっ！」

石川はそれを振りほどこうとはしなかった。それでは間に合わないと判断した。

エンジンを掛けて、アクセルを全開にして、無理矢理に車を発進させた。

千条はそれでも手を離さない。石川は無茶苦茶にハンドルを切って、駐車場の柱に車をわざとぶつけた。

衝撃で、千条の身体が吹っ飛んだ。ばりばり、と石川の首の皮が一緒に剝《は》がれた。

「うぐぐ……！」

激しい痛みに、思わず顔をしかめた。

車は奥の方に戻ってしまった。スピンさせて向きを直そうとした――バックホイールが滑って、がん、と壁に当たる。

そのとき――パーキングスペースの向こうでエレベーターがこの地下階に到着した。

扉が開いて、伊佐と奈緒瀬が出てきた。二人は車に乗っている石川の顔を、はっきりと見た。

それに石川も気づいた。

さっきは不意を衝くことができたが――今は、確実に顔を覚えられた目撃だった。

「――くっ！」

生かしてはおけない――石川はアクセルを全開にして、二人の方へ車を突撃させた。

するとその前方に、すっ――とひとつの影が現れた。

たった今、吹っ飛ばしてやったばかりのはずの、千条雅人だった。

その表情には、まったく苦痛の色がない。多少髪が乱れている程度で、全然――まるで人形のように。

「…………っ！」

石川は、悲鳴をあげかけた――だがそれを奥歯を嚙みしめて耐えて、もう限界のアクセルをさらに強引に踏み込んだ。

「――」

迫る車を前にしても、当然、千条雅人の表情に変化はない。

あるはずがない。

彼は、さっと鶴のように片脚を上げた。そして上に跳躍した。

とん――

と、その足が降りたのは、今まさに彼に向かって突っ込んできていた車のボンネットの上——その右端だった。

ぐっ、と急に体重と落下加重が掛かって、車は傾く——というときには、もう千条の身体は別の方角へと再び跳んでいる。

だが、車は——強引な加速をしていた車は微妙に重心をずらされて、そしてそれは石川が握っているハンドルに、もろに伝達された。

ぶるるっ、と怯える生き物のように暴れて揺れるハンドルに、石川は対応できなかった。

車はそのまま、大きく曲がっていき——そのまま駐車場の向こう側に走っていってしまった。

そこは、柵で封鎖されていたが——上へと続く出入り口であった。

石川にはブレーキを踏む余裕すらなかった。そのまま後戻りのきかない多段式ロケットのように飛び出していった車は道路の向こう側に突っ込んで、自販機をなぎ倒し、建物と建物の間の路地に挟まり、そこでやっと停まった。

「——」

奈緒瀬は、茫然としていた。

彼女の前では、何事もなかったかのように千条がまた立ち上がり、表に飛び出していった車の方に向かっていく。

「……な、なんですか」

彼女は思わず、横に立っている伊佐の服の裾をつかんでいた。

「なんですか、あの人は……？」

伊佐はというと、当然渋い顔である。

「いや——あいつはその、榊原弦《さかきばらげん》っていう不世出のものすごい武道家の、その」

モーションデータが組み込まれているのだ、ということはさすがに言えず、

「……弟子だったことがあって」

「そういう問題、なんですか……？」

奈緒瀬はまだ信じられなかった。

「あんなに細いのに――そこまで鍛えてるようには見えないのに――」

「いや――まあ、人は見かけによらないから」

伊佐は適当なことを言って、自分も千条の後を追っていく。奈緒瀬は釈然としないものを感じつつも、仕方なくついていった。

だが三人が来たときには既に、半壊し動かなくなった車に運転手の姿はなかった。

しかし――そこには一筋の赤い線が残り、どこかへと続いている。

それは先刻の、石川が自ら切った手首の傷からの出血の跡だった。

＊

……朦朧《もうろう》とする。

足取りは重く、全身が鉛のようだ。

止血したはずの箇所は衝撃で再び開いてしまっていたが、それを完全に押さえることもできない。止められない。

それでも……カバンを持って、石川はふらふらと裏通りを進んでいく。

……始末、始末しなければ――。

薄れかけている意識の中で、彼は強迫的にその言葉を繰り返してきた。

余計なものを始末しなければならないのだ。それが彼の唯一の存在意義なのだから。この世にはいらないものが多すぎる。それを片付けなければならないのだ。

〝ああ――駄目だよ、あんた〟

頭の中で誰かの声がする。

〝この仕事には、向かなくなっちまった〟

その声が空っぽになっていく身体の中で、ぐわんぐわんと反響する。こだまが幾重《いくえ》にもなって跳ね返ってきて、喧《やかま》しくて仕方がない。

始末――いらないものを始末――だが、今一番いらないものって、なんだろう……？

手に持っているカバンが重い。何でこんな物を持っているのだったか、意識が朦朧としてよく思い出せない。

「始末……しなければ……」

ぶつぶつと呟いている、その声も自分の耳には今一つ届いていない。

身体がふらついて、よろけた。カバンが重すぎるのだった。石川は壁に手を当てて、倒れそうになるのを支えた。

その壁に、何かが貼ってあった。

紙切れだった。

「……ん」

石川は、見るともなしにその紙切れを見ている。

そこには奇妙なことが書いてあった。


〝これを見て、後ろを振り向いた者の、生命と同等の価値のあるものを盗む〟

「…………」

石川の、その青ざめた顔に何かが戻ってきていた。

緊張か、闘志か、あるいはそれはこれまでの彼の人生で一度もなかった何物なのか――その意志が、彼の眼に浮かんでいた。

「――」

彼は、最初はゆっくりめに、そして唐突に、ばっ――と後ろを振り向いて、身構えた。

すぐ後ろに立っていたそいつは、その勢いに押されるようにして、すうっ、と後退した。

それは銀色の――しかし石川が今、生命よりも大切にしなければならないものであるカバンはしっかりと彼の手に握られていて、ざまあみろと思ったそのとき、石川はその銀色の手の中に、一枚の紙切れのようなものがひらひらと揺れているのを見て、それは写真で、そこに写っているのは十年ほど前の彼と、そしてその甥で――

――ぐらっ、

と身体が揺らぎ、傾き、そして崩れ落ち、暗黒が降りてきて、石川謙一だった物体はその機能を停止して、こときれていた。

「…………」

その前に立っている者は、そのスリ取った、手の中にある平凡な家族写真に眼をやったが、すぐ興味をなくしたようで、そのまま何事もなかったかのようにその場から歩み去っていった。

壁に貼られていた紙切れは、ぴゅう、と吹き込んできた風によって剝がれて、どこかへ飛んでいき、他の誰の目にも留まることなく塵《ちり》として世界の彼方《かなた》へ消えていった。

6

「…………」

「…………」

相良則夫と沢代久美子は、茫然となっていた。

そろそろ言われていた十分が経ち、警察に連絡しなければならない時間になったのではあるが――

(――って、もう警察とっくに来てるし)

銀行の前は大混乱になっている。強盗が入ったとかなんとか、ついさっきも車が飛び出してきて、騒ぎで人気《ひとけ》のなくなっていた路地に突っ込んでいったし、飴屋は――戻ってこない。

「――ど、どうすんのよ」

「――え、えーと……」

「――う、うまく行ったのかしら？」

「――さ、さあ、どうなんだろ」

二人が歩道に突っ立っていると、その横を布に包まれて、担架で運ばれていくものがあった。

大きさは、ちょうど人ぐらい――しかしその包まれたものはぴくりとも動かない。

ぎくりとして久美子が身を引くと、どん、と後ろにいた人にぶつかった。

「あ、す、すみません――」

「いえ、何の問題もありません。あなたこそ大丈夫でしょうか」

その、背の高い男は静かな口調で逆に彼女に訊いてきた。

身体中に埃《ほこり》がついていて、服のあちこちが破れて、なんだかついさっきまで大立ち回りで暴れ回っていたようなその男は、しかしその異様な外見に反して顔つきは落ち着き払っていて、何の乱れもない。

「…………」

久美子は、ちょっとその男の人を見上げてぼんやりとしてしまった。

何かに似ている――そう感じた。

すると男は、少し首をかしげて、

「ああ、今のシーツの中身については不審がる必要はありません。警察が搬送する証拠物品というだけですから。しかるべき処理がされます」

と淡々とした口調で言ったが、丁寧すぎて何を言われているのか久美子たちには今一つわからない。

「は、はあ――あの、何かあったんですか」

久美子は思いきって訊いてみた。しかしこれに変な男は、

「そのうちに公式発表があるはずですから、それを参照してください」

と、抑揚《よくよう》というものが欠落した調子で言った。するとその背後から、

「――状況については不透明で、関係者以外には何も言えない」

と言いつつ、もうひとりサングラス姿の男が出てきた。

こっちはストレートに迫力があったので、久美子と則夫は揃って後ずさった。

「い、いやその、別にそんなに知りたいって訳じゃ」

「この辺の住人か？」

「ま、まあそんなとこです」

「この銀行について、なにか噂でも聞いたことはないか」

「え、えーと……」

二人は困惑の極みに達し、余計なことを口走りそうになったが、そこでサングラス男は急に、

「ああ――いや、いいんだ。呼び止めてすまなかった」

と頭を振って、二人から離れていった。背の高い男もその後についていく。

「――――」

久美子と則夫は顔を見合わせて、それからそそくさとその場から逃げるように離れていった。


「どうかしたのかい」

「昔の悪い癖だ――人と見ると尋問しようとする。もう、俺はそういう存在じゃないのに」

伊佐は去っていくカップルをちらと振り向いて、そしてため息をついた。

「いや、仲が良さそうだったから、羨《うらや》ましくて嫉妬したのかな」

「嫉妬？　何にだい」

「説明は、あとだ――」

疲れたように伊佐は言って、そしてなおも混乱の続く銀行の方に戻っていった。

CUT/7.
Sizuku Minamoto

暗闇の中、あなたの手を探す、探す――

――みなもと雫〈ドロップ・オフ〉

1

「…………」

薄暗い部屋の中で一人、東澱奈緒瀬はモニター画面を見つめている。

映し出されているのは、あの銀行の防犯カメラが捉えていた、あのときの騒ぎの様子である。

伊佐俊一が飛び込んでくるまでは、普通の業務状態にしか見えない。外国為替の受付でも、特別なことが起きているようには見えない。

客がドル紙幣を取り出して、受付の方に渡したりしている様子もはっきり映っている。そこにも異様な雰囲気はない。

そして――その客の顔も、横顔気味ではあるが、普通に映っている。彼女の眼に見えた普通の中年男には全然似ていない。

というよりも、男性ですらない。初老の女性である。これについては誰がこのビデオを観ても、その姿であることは確認済みだ。

そして、誰なのかもわかっている――そのモニター画面を警備室で確認していた、その警備員に見えていた姿なのであった。

「い、いや――全然不自然に見えなかったから。だってそうでしょう?」

彼は慌てながらそう言った。もちろん後で厳重に口止めもしているし、このテープが外部に流れることも押さえた。

つまり――機械であろうがなんだろうが、関係ないのだ。そこに何か人間的なものが介在したその状況が、そのまま記録に入り込むだけなのだ。

(どういう現象なのかしら、これは……?)

超能力の類だとしても、いったいどういうことが起きているのか、イメージとしても把握できない。

とにかく――人の眼に触れるときには、直接間接を問わずに、それぞれの姿になる――モニター越しの場合は、それを最初に見た者のイメージに固定される――では複数の者が同時に、同じ画面を観た場合はどうなるのだろう?

(頭がこんがらがる――)

奈緒瀬はコーヒーを飲みながら、椅子に身を沈めた。こんな訳のわからないものが、平然と世界を徘《はい》徊《かい》しているのか?

たとえば――奈緒瀬自身も実は相当に変であり、この国を裏から支配しているに等しい影響力のある祖父を持ち、自分もかなりの権力を行使しているお嬢様である、などということは、ほとんどの一般人には存在自体が信じられないであろう。そんな馬鹿な、非現実的だ、としか思えないはずだ。

だが、ペイパーカットはそれにしても、次元が違いすぎる――。

(奴は研究しているのではないか、と伊佐俊一はお爺さまに言ったそうだけど――)

どういう立場から、何を調べているというのだろうか? 人間の生命を狩り集めるようなことをしてる――人命を軽んじているのか、傲慢《ごうまん》なのか、それとも――

(……人間ではないのか、最初から――)

それでは何なのだ、と言われると、もう後はなんでもよくなってしまう。化け物か、吸血鬼か、宇宙人か――そういう話にしかならないし、もしそういう者が本当にいたとしたら、

(わたくしたちの生きている世界は、そのことごとくが仮初《かりそ》めのもの――ということにしかならないわね)

奈緒瀬はため息をついた。頭の中で妄想が膨《ふく》らむ――

――これは無限に広がる大宇宙に存在する超越存在の侵略行為の一環で事前に人間の調査をしていてペイパーカットはたくさん送り込まれているその調査員の一人で〝生命〟の神秘を調べることが役目で

偽装のため人間のような姿をしていて正体は誰にも見分けられずそいつが何をどのように報告することは世界にどんな影響をもたらすのか――

――いやいや、こんな浮《うわ》ついたことばかり考えていてもしょうがない。

（とりあえず、わたくしの前にペイパーカットは現実に存在している――なんらかの錯覚とかトリックである可能性の方が、むしろ高いのだから）

現実的に対応しなければならない。お爺さまに命じられたことを、彼女はこれまで一度だってしくじったことはないのだから。

もっとも、今回は危なかったが――伊佐俊一に助けてもらわなかったら、彼女はあっさりと、東澱の娘だということさえ知らないような行きずりの殺し屋に、駒として利用されるためだけに始末されるところだった。

（まだまだ、わたくしは甘い――それを思い知らされたわ）

東澱の名前を出しておけば、それだけで安全だと思い込んでいるようなところがあった。なまじあの銀行の下調べをしていたことが油断につながった――反省しなくては。

それにしても――

（伊佐俊一は、どういう男の人なんだろうか、あれは……）

彼女はぼんやりと考え込む。ああいうタイプの人間に、彼女はこれまで会ったことがなかった。野心家でも、自信家でもない癖に、妙に力強さを感じる……。

千条雅人はああ見えてとてつもない武道の達人らしいが、伊佐自身はあそこまで強くもなさそうだ。それなのにその不気味な相棒に対しても気が引けているところがないし、でも余裕があるという訳でもないし……。

（なんだろう……あれって？）

彼女は妙に、彼のことが気になっているのだが、そのことには自分では今一つ気づいていなかった。

（とにかく――ペイパーカットの予告当日であるトリビュート・ライブまでは、あと三日しかない。それまでに対応を終えておかないと）

迎え撃つ、ということになるのだろうか、これは。しかしそれは、何から何を守るためなのだろうか？

2

パラディン・オーディトリアムではライブの準備が着々と進められていた。

これが新設会場で、これが初めてのライブでさえなければもっと簡単に、それまでのノウハウを利用した短期間での設営が可能だったのだが、登場アーティストの多さもあって、そのセットを組むのは至難の業《わざ》であった。

大掛かりな映像装置を使うことも、準備三日前になってやっと本決まりになった。もともと生前のみなもと雫の映像を流すかどうかでも権利問題がらみでもめていて、それがやっと決着して、使用許可が下りたのである。

「でかいな――ギリギリじゃないか」

搬入に立ち会い、警戒の眼を光らせながら伊佐は呟いた。

「重量も相当あるらしいよ。支える土台だけは、前から補強していたそうだ」

千条もうなずく。

「うーむ……」

伊佐は、その相棒をやや心配そうな眼で見ている。千条はせいぜい拳に絆創膏《ばんそうこう》が何枚か貼られているぐらいで、特に目立つ変化はない。

あの始末屋との大立ち回りの後で、本来ならばまた千条の検査をしておかなくてはならなかったのだが――その暇がもうない。抗生物質の投与はこの前やったばかりなので、必要ないといえばないのだが、痛みを感じないで強引に動かしまくった身体のどこにガタが来ているか知れたものではなく、あまり無茶をさせるのは危険だった。

（しかし、いったんスイッチが入ってしまえば、そんなことを言ってもいられなくなる――自分で、どこからどこまでが無茶なのか自覚できないというのは、やはり厳しいな……）

伊佐の視線などおかまいなしで、千条はすたすたと人の身長の四倍以上の高さがある、分解され組み立てられつつあるモニターの部品の方に進んでいき、

「ああ、ちょっと！」

と作業をしている人間たちに遠慮のない声を掛ける。

「組み立てる前に、爆発物、及び発火物のチェックを複数の人間で実施してください。梱包《こんぽう》から解いて、すぐにはセットしないように」

あからさまに不満げな視線が集中するが、まったく堪《こた》えない千条は、

「あなたと、あなたと、あなた――モニター裏面の方を、そしてあなたとあなたと、あなたでそのケーブル関係をお願いします」

と人をばしばし指さして、監督でもないのに勝手に命令する。

ステージの方は千条に任せて、伊佐はひとり裏手の楽屋の方に向かった。

ステージが作業中であるから、リハーサルの類は今日は一切ない。アーティストは誰もいなかった。

（まあ、参加アーティストがフォーカードの正体である可能性は低いが――）

おそらくは狂信的なみなもと雫ファンであろう犯人は、旧関係者がほとんどいないこの会場スタッフに紛れているとしたら、過去を隠しているはずだった。

（調べてみたが、特に怪しい奴はいなかった――だ

が外部の者だとしたら、ペイパーカット並みに忍び込むのがうまい奴でなければ、この前のような破壊工作をするのは不可能だ――）

そんな〝プロ〟がこの件に絡んでいるのは、どう考えても不自然である。なまじペイパーカットが異常なだけに、他のことに関しては常識的に対処しなければならないというのに――。

とにかく外部に関してはサーカム保険の他のメンバーに任せて、伊佐たちは内部の管理を徹底しなければならなかった。

伊佐は地下フロアにある管理センターに向かった。

「――どんな調子だ？」

彼が入室しながら訊くと、とたんに彼らの補佐を上から命じられている、眼鏡を掛け頭にバンダナを巻いた御厨女史が、

「困るんですよね、保険屋さん――作業の邪魔をしているのが、こちらの監視カメラでも見えましたよ」

と苦情を言ってきた。

「邪魔している訳じゃない。必要なことだ。外から運び込まれてきた物には、全部なんらかの細工がしてある可能性がある」

「じゃあ、入れる前にやってくださいよ」

「それじゃ意味がない。その後でやられたら解除に二度手間だ」

「まったく――ただでさえ遅れているのに」

「それはそっちの都合だろう。あんな大仕掛けなら最初から搬入しておけよ」

「色々あるんですから、ただでさえ――」

御厨はため息をついた。

「天国で雫さんは今頃泣いてますよ、こんなんじゃ」

「そんなこと言っていいのか？　第一――」

と言いかけて、しかし伊佐は口をつぐんだ。

彼女は天国に行っているとは限らない、と言いそ

うになったのだった。表現者など、どこでどんな罪を犯しているか知れたものではない、と――しかしそれは冗談にしても、この場では不穏当に過ぎる物言いだった。

「――みなもと雫自身のコンサートでも、苦労は多かったんだろう」

「まあ、そういう話は聞きますけどね」

御厨はまだ口を尖《とが》らせていた。

「彼女、完全主義者だったから」

「それより、増設した監視カメラの様子をチェックに来たんだ。見せてくれ」

「はいはい」

監視モニターと言っても、テーブルにビデオ端子をつないだテレビが何台も並べてあるだけであって、別に壁に埋め込まれたりはしていない。ましてや倍に増やしたので、古いテレビが無理矢理二段重ねに積んであって、いかにもその場凌《しの》ぎだ。

（もちろん、ペイパーカットが映っていてもわからないわけだが――）

サーカム財団は以前からペイパーカットを追いかけているので、映像における不思議な現象も当然知っている。今の状況で伊佐がモニターで奴を見たとしたら、それは御厨女史が見ているのと同じ姿にしかならないだろう。多数の人間が同時に見るときは、より印象が薄い者にシンクロする――らしい。

（そういえば、今頃はあの奈緒瀬お嬢様もそのことに気づいているだろうな）

東澱は警察に横槍《よこやり》を入れてあの銀行の監視テープを持っていったらしいから、きっと首をひねっている頃だろう。そう思うとちょっとおかしかった。

だが――その顔はすぐに緊迫感のあるものに戻る。

「おい――なんだ、あれは？」

伊佐が示したのは、空っぽの通路を映し出している映像だった。

「は？　南口Ｂ４の通路ですけど――入ってくる人

がいたら、すぐにわかるように、って」

訳のわからないらしい御厨は、きょとんとした顔をしている。

「誰もいないじゃないですか。そういえばさっき大型モニターの部品を運んでたけど――」

「そうじゃない、通路じゃない――その上だ」

伊佐が指さしているのは、モニター画面の左端だった。

壁と天井が接している隅の部分に、ガムテープの切れ端がくっついている。こういう場所では珍しくもないものだった。

だが――その表面に黒い線で、なにやら描かれている――数字と、アルファベットのようにも見える。

「南口のB4といったな……！」

伊佐はきびすを返すと、その問題の場所に走った。

監視カメラがあるから、すぐにその場所がどこか見つけられた。伊佐が上を向くと、果たしてそこには、カメラの視界ギリギリのところにガムテープが貼られていて、そこにはしっかりと、

〝4CARDは警告する〟


と黒いマジックインクで書かれていた。

そして……伊佐が脚立《きゃたつ》を使って、慎重にその周辺を調べてみると、果たして天井から下げられている照明の、そのネジが巧妙に弛《ゆる》められていて、いつ落ちてもおかしくない状況になっていた。外から人が入ってきて、しかもそれが大勢でどたどたやっていたら、かなりの確率でそのときに落ちただろう。

「……くそっ」

伊佐は歯噛みした。

これはどう考えてもわざとだ――監視カメラのすぐ近くに、わかるようにしてこうして仕掛けをしておくことで〝いつでも、どんなことでもできるのだ

ぞ〟とデモンストレーションしているのだ。

　彼が唸っていると、そこに一人の男がやってきて、

「おやおや――大変そうじゃんか」

　と声を掛けてきた。

　下を見ると、それはジェットとか皆に呼ばれていた、参加アーティストのひとり――公演の目玉となるバンド〈灰かぶり騎士団〉のボーカリストであった。

　ノーメイクで、今日は度の入った額縁眼鏡を掛けていた。近視らしい。いつもはコンタクトをしているのだろう。

「あんたは――」

「そういや自己紹介してなかったたな。ジェットってのはもちろん芸名だ。本名は高荷《たかに》っていう。高荷恒《つね》久《ひさ》だ。あんたは伊佐っていうんだろ、保険屋さん？」

　そう言いながら、脚立の上の伊佐に握手を求めてきた。その手を握り返しながら、

「今日はリハーサルはないぞ。何しに来た？」

　と伊佐がやや素っ気ない口調で言うと、

「いや、ライブまでは他の仕事を入れてないんで、ちょっと下見に」

　高荷はどこか投げやりっぽい、適当な口調で言った。

　それから少し頭を振って、

「いや――たぶん、あんたたちは事態を把握できていないと思うから、実は忠告に来た」

　と意味深なことを言った。

「なんだと？」

「そいつだが――」

　と、高荷は壁と天井の間の、微妙に目立たないところに貼られているガムテープを示した。

「脅迫犯がいて、そいつがライブを妨害しようとしている――そう思っているんだろう、あんたたちは」

「それはそうだろう。他に何があるんだ」

「そんなに単純なものじゃないぜ、きっと」

「どういうことだ？」

「みなもと雫さ——あんたたち、あの女がどんなんだったか、知っているのか？」

「絶大な人気と尊敬を集めていたカリスマなんだろう？」

通り一遍《いっぺん》のことを言うと、高荷はふん、と鼻を鳴らした。

「ああ、ああ——たぶんそんな風に簡単に考えてると思っていたよ。まあ、そうさ、そういうことだろう。しかし——雫ってのは、そんなにわかりやすいタマじゃなかったよ。あいつは特殊だった」

「他の者にない魅力を持っていた、ということか？」

「魅力？　魅力ねえ——」

高荷は薄笑いを浮かべた。そして、

「ありゃどっちかというと、呪いだ」

と、奇妙なことを口にした。

「？」

伊佐はあからさまに訝しげな顔になった。それにかまわず高荷は、

「あんた、偕ちゃんには会ったんだろう？　彼は今どこにいるんだ？　この前はいくら訊いても教えてくれなかった」

「本人にその気がないなら、こちらも彼に対しての守秘義務があるから、教えることはできないな」

「しかし——どうせ雫がらみの場所だろう？」

ずばりと当てられたが、もちろん伊佐は反応しない。

「さあな」

「偕ちゃんも気の毒に——彼は、一見するとちゃらちゃらしてるみたいだが、実際は逆だ。ギターを弾いていれば幸せ、ってタイプだ。スーパースターになりたいとか、そういう欲がない。あの女に引き込まれさえしなきゃ、もっと熱くプレイができるよう

になってたんだろうが――」

「何の話だ？」

「あの女の歌だよ」

　高荷はもう笑っていない。

「あれは人の心に染み込むとか、そういう次元のものじゃない――聴く者に呪いを掛けているようなものだ。その呪いに掛かってしまうと、他のどんな感動も色褪《あ》せて、なんだか茫然としてしまう――とくに感受性が強ければ強いほど、な」

「熱烈なファンになって、他のが嫌いになるってことか？」

「他の、ならまだいいんだろうがな――」

　高荷は遠い眼をした。

「自分まで嫌いになっちまったら、どうしようもねえだろう」

　そのひどく突き放した響きの声に、伊佐は、

「なんだか、あんたには全然、みなもと雫の偉大さに敬意を表して、これを追悼しようって感じがないように聞こえるんだが」

　と素朴な疑問を呈示した。すると高荷はあっさりと
「まあ、それはそうだな」

「じゃあ、なんでこのライブの出演を引き受けたんだ。あんたらは目玉なんだろう？　事務所に押しつけられたのか」

　いかにも業界じみた言い方をしたら、高荷は大笑いした。

「むしろ事務所は嫌がっているよ。無理矢理に出ることにしたからな。こっちからねじこんだんだ。そう……俺たちの中からみなもと雫をなんとか消し去るためにゃ、自分なりにやっつけないとまずいんだよ――わかるかい？」

「いや、さっぱり」

　伊佐は正直に首を横に振った。

「しかし、あれだな……偕矢氏の言葉も相当に意味不明だったが――ミュージシャンてのはみんなまと

もに話せないのか？」

「かもな——で、そん中でも特に、みなもと雫って のは……とにかく異常だったんだよ。あんたは普段、音楽なんか聴かないだろう？」

「まあな」

「だと思ったよ。しかしな、世の中にゃ、それがないと生きていけないって連中もいるんだ。みなもと雫が、昔ファンからなんて呼ばれていたか、知っているかい？」

「天才とか、最高とか？」

「そんな生易しいもんじゃねえよ——〝神さま〟だ」

その単語を、高荷は大真面目に、真正面から伊佐を見ながら言った。

「——ずいぶん大袈裟なんだな？」

「言っておくが、彼女は別にファンクラブを大掛かりに作ったりはしなかった。むしろそういうものを敬遠していた。プレゼントの類も一切受け取らなかったしな。信者連中と交流はなかった。教祖って感じじゃなかったんだ——でも〝神さま〟だ」

「………」

伊佐が黙っていると、その背後から、

「——それは神格化されている崇拝の対象、というようなことでしょうか？」

という、妙に冷静すぎる声が掛けられた。

二人が振り向くと、そこに立っているのは当然、もうひとりのサーカムの調査員《オプ》、千条雅人であった。

そのなんの躊躇《ちゅうちょ》もない割り込みっぷりに、高荷はちょっと眉を寄せたが、

「崇拝、っていうのとも、ちょっと違うかな——そいつはなんか、すがるってニュアンスがあるだろ？そういうんでも、ない」

と答えた。

「ではその〝神〟の定義というのはきわめて原始的なものと解釈せざるを得ませんが。つまり——生き

ているという不条理を、すべて納得させてくれる万能の存在であり、それに影響される、されない以前に——その在《あ》りようが全行為の大前提となる、と」

千条はすらすらと、まるで用意されている原稿を読み上げるアナウンサーのような口調で言った。

高荷は少しきょとんとしていたが、やがて、

「そうだろうな——そういう〝神さま〟だ。命じられるからとか、ふさわしくないからとか、そんな話ではない次元の、な——」

高荷がまた少し遠い眼をした。これに、だんだん苛立ちが大きくなっていた伊佐が、

「つまり、犯人を通常の単なる脅迫犯だと思っていると——舐めてかかっていると、人変なことになるというのか。犯人は、もっと——本気だと？」

これに高荷は肩をすくめ、まるでその代わりのように千条が口を開いた。

「もし、この方の定義が正しいとするならば、これはほとんど宗教戦争のようなものであるということもできるでしょう」

ぎくりとして伊佐は千条を見た。

千条はうなずいて、

「あの偕矢氏の様子からみても、みなもと雫にそれだけの影響力があるのは確かなようです。フォーカードが何者であれ、それは単なる妨害工作で自己満足するというものでは済まない可能性があります」

と、淡々とした口調で言った。

伊佐は、この千条の突然な雄弁ともいえる断定的な喋《しゃべ》りっぷりに、

（——スイッチが入りかけているのか？）

と感じた。しかしそれは確認のしようのないことである。

二人が見つめ合っていると、高荷が、

「まあ、そういうことで——俺の忠告は受け取ってもらえたよな。そのつもりで頑張って警備してくれ。なにしろ俺だって、自分の生命は惜しい」

「——だったら、最初から参加しなきゃ良かっただ

ろう。こんなトリビュート・ライブになど」

「ああ――まあな」

　高荷は少し顔を歪めた。

「しかし、俺たちには自分《てめえ》らの音楽も大切なんでな――やらないわけにもいかないのさ」

　そして軽く手を振ると、このもう一人のカリスマ的アーティストはその場から去っていった。

「――あれも変わった奴だな」

　伊佐はため息をついた。しかし、そんな感慨に耽《ふけ》っている場合でもない。

「千条――ここに来たということは、モニターを確認したな？」

「ああ。フォーカードの工作は相変わらず進行中のようだね。そして――」

　彼はガムテープに書かれた警告文を見ながら言った。

「どうやら、一人ではないらしい」

　その言葉に、伊佐は厳しい表情になる。

「――筆跡か？」

「ああ、以前のものとは、おそらく別人が描いたものだ」

「フォーカードは単独犯ではないのか？」

「他のところも、もっと調べなくてはならないようだね」

　二人はすぐさま、あらためてコンサートホール中を点検して回った。

　結果は暗澹《あんたん》たるものだった。

　少なくとも、人の身に危険が及ぶと思われる仕掛けが四箇所、ただ警告文が貼ってあるだけのところは、十二箇所にも及んでいた。

「今朝、見て回ったときにはなんともなかったのに――数時間で既に、これか……？」

「筆跡は、少なくとも四つのバリエーションがあるようだ。乱雑に書き殴っているから断定はできないけど、最低で四人いることになる。だからフォーカードと名乗っているのかな」

「かも知れないが、こうなると何も信用できない感じになってきた……」

伊佐は呻いた。

それから集められた数々の、工作の痕跡物に目を下ろして、

「間に合うかどうかわからんが——一応、警察の鑑識に回してみるか」

「それなら、ひとつだけ出自の予測が付くものがあるよ」

そう言って、千条は壁に貼られていたガムテープのひとつを指さした。

「この端の部分だが——こういうものというのは、手で千切ったりすると、絶対に同じ形にはならないよね」

「——前に見たのか、どこで？」

今の千条雅人は——一度でも見たものを、その細部に至るまで記憶できる。より正確に言うならば、人間は誰でもそれができる。だがあまりにも多すぎる記憶は人の精神に混乱をもたらし、思考の硬直化をもたらすために、わざわざ〝忘れる〟という能力があるのだ。情報の選別というのは、それはそれで重要なことなのであるが、千条雅人には、それがない——人間として必要なことの大半を失って、前頭葉の一部を演算チップで補《おぎな》っているのだから。忘れるためには、わざわざデータの消去を行わなくてはならない。

「まだロールに巻かれている状態で、倉庫の床に転がっていた——いや、正確には倉庫を改造したリハーサルスタジオというべきだね」

ぴく——と伊佐の頬がひきつった。

「そいつは——佝矢亮平が住んでいる、あそこか？」

3

倉庫を改造したそのスタジオからは、もう住人の

気配はなくなっていた。

「……まいったわね」

東澱奈緒瀬は、数人の警護役たちと一緒に、そのもぬけの殻《から》となった場所で立ちつくしていた。

すると、表の方から車が停まる音が響いてきた。同時に携帯が鳴り、奈緒瀬が出るのと同時に、

『――代表、サーカムの連中が来ました』

という部下の声がした。奈緒瀬は、

「通せ」

と素っ気なく言ってから、はあ、とため息をついた。

一分と経たずに、伊佐と千条が駆けつけてきた。またこの場所に、この三人が揃ったことになる。ただし、以前に三人が会いに来た四人目の男はもう、この場所には影も形もなかった。

「おい――どういうことだ？」

既に表の警護役と会っている伊佐が、前置きなしで奈緒瀬に問いかけてきた。これに彼女は肩をすくめて、

「誰もいませんでしたわ。わたくしたちが来たときには、もう。そして、あなた方が来たということは、彼は本命だったのですか？」

「その可能性があるが――あんたは何で、ここを押さえようとしたんだ」

「一応、わたくしもこの件について調べているということをお忘れなく。いつまでも混乱してはいられませんから――」

「近隣地帯はもう、調べさせましたね？」

千条が訊くと、奈緒瀬はうなずいた。

「六時間ほど前に、それらしき人影が大きなバッグを持って出ていったのを近所の人が見ています。その後の足取りは不明ですが――しかし」

奈緒瀬は伊佐の顔をジロジロ見ながら、またため息をついた。

「あなたの顔を見ていると、どうも彼が怪しいとわかっただけではまだ、全然進展したことにはならな

いようですわね」

「複数犯の可能性が高いから、奴がいなくなろうが大してプラスにならない」

「おやおや――」

奈緒瀬はうんざりしたような顔になった。

「みなもと雫というのは、いったい何様だったのですか？　まともに歌を聴いたことはありませんけど――死んだ後でも、ずいぶんと影響力がおありになるみたいですわね」

「……ああ、そうみたいだな」

伊佐の様子が、軽口に対する返事にしては深刻過ぎる雰囲気だったので、奈緒瀬は眉をひそめた。

「どうかしましたか？」

伊佐は、これには答えなかった。

偕矢亮平という男は、それなりに才能に恵まれていて、しかも音楽と人生を愛していた男だったらしい――それが今や、悪質な脅迫犯の重要参考人として逃げ回っている。しかも、はじめから怪しんでくれといわんばかりの場所にいたりして――やけくそなのか、それともこちらを混乱させようとしていたのだろうか。それだけのために？

彼の人生は、どこで狂ってしまったのだろうか？

よく人は、音楽というのは人の心を安らげるとか言うが――これのどこが安らかになっているのだ。

混迷と罪悪が積み重なっていくばかりではないか。

呪い――

さっき高荷恒久は、伊佐にそう言っていた。

それを〝バカなこと〟と言って笑い飛ばすことは、もう伊佐にはできなかった。

（みなもと雫は――何を歌っていたんだ。何を聞かせようとしていたんだ？）

彼も、街で流れていたその歌を何度か耳にしたことはあったが、しかし――正直、それほどの印象は残っていない。だがそれに異常に惹《ひ》かれて、人生そのものをブチ壊してしまった男は確かに、ここにいたのである。

そして——フォーカードの他の者たちも、おそらくは自分の今後の人生のことなど、考えもしていないに違いない。

「——くそ、何様のつもりなんだ、本当に……」

伊佐は呻いた。その相手がフォーカードなのか、みなもと雫なのか、それとも彼をこのような状況に導いたペイパーカットなのか、自分でもよくわからなかった。

「…………」

そんな伊佐をよそに、千条はスタジオをあちこち調べてまわっている。

「僕が前回の時に指摘したような物が、全部そのままになっている——毛布もゴミ類も、まるで処分していない。仲間とここで共同生活をしていて、これが逃亡だとしたら、あまりにも後始末をしていない——元のまま過ぎる。痕跡を消そうという意図も見られない——これは何を意味するのか。この中身の残ったペットボトルは封を切って、飲んでからそれほど時間が経っていないようだが——キャップを閉めていない。飲みっぱなしだ」

千条は、まるで一人芝居でもしているかのように、見えている物のことを片っ端から口に出している。

その様子を奈緒瀬は不思議そうに見ていたが、この男については彼女はなんだか考えるのが馬鹿馬鹿しいようなイメージが消えないので、伊佐の方に向き直った。

「それで——これからどうしますか。とりあえず地元警察から警備を回させようと思っているのですが。それともサーカムだけでまかなえますか」

「いや、そっちにも頼んで、こっちもできる限り出そう。手を抜いている場合じゃなさそうだ」

伊佐は苦虫を噛み潰したような顔になっていた。

「……宗教戦争だと——ふざけるな……」

「え？　なんですって？　今なんて？」

奈緒瀬には伊佐の呟いた言葉が聞き取れなかったので訊き返したが、伊佐は答えなかった。

そして千条の方はというと、

「——ここに偕矢亮平が来たのは、約三ヶ月前であることは、マンションの管理人の証言からもわかっている。三ヶ月前というのは、このライブの準備が始められた期間とはまったく一致しない——これは何故なのか。彼は目的があってここに来たのか、それとも——」

相変わらず、自分の考えを延々と喋っている。誰かに説明しているのではなく、独り言なのだが、しかしその独特な調子はなんだか大学の講義のようでもある。

自分自身に対して、自分で解説している——そんな感じである。

「あの……大丈夫ですか、彼？」

つい奈緒瀬は、伊佐にそう言ってしまう。これに伊佐は首を横に振って、

「問題ない——というより、もう少しあれが動いてくれた方が助かる。まだデータ不足のようだが……揃えば、スイッチが入る」

と訳のわからないことを彼女の耳元で囁いた。

「……なんですって？」

「たぶん、あんたはこれが終わった後で、サーカム財団のことを色々と調べるだろう——東澱の力なら、きっとそのときにわかる。俺にも守秘義務があるから、これ以上は言えないが——何かが起こって、そのとき俺がそこにいなかったら、千条の指揮で動いた方がいいぞ。あの〈ロボット探偵〉のな」

伊佐は言って、そしてスタジオに置かれた椅子に座り込んだ。

千条が——彼が勝手に動き回り、ぶつぶつ言い終わるのを、いつまでも待つつもりのようだった。

（なに、これ？）

奈緒瀬はあっけに取られていた。

てっきり伊佐が、この二人チームのリーダーだと

ばかり思っていたのだが——これではなんだか、伊佐は千条のお守りをしているみたいではないか。

伊佐はフォロー役で、この件に対応すべくサーカムが送り込んできた本命は、千条雅人の方だったとでもいうのだろうか？

それに——

（ロボット探偵って——なんのこと……？）

千条の方はというと、そんな訝しげな視線を完全に無視して、まだぶつぶつ言い続けている。

「……いくつかの事態が、それぞれ矛盾していて、しかし重なるところもあり——ペイパーカットの予告を拾ったのは——本当に偕矢亮平だったかどうか——」

4

——そして、結局なにも判明しないままに、ライブの当日が来てしまった。

念入りなチェックをし続けたおかげで、フォーカードの妨害工作それ自体は被害が出る前に見つけられていったのだが——しかし仕掛けているところは、全然突きとめられなかった。

「あれだけの監視カメラの隙間を縫って、どうやって細工をしているんだ——」

伊佐は苛立っていた。

開場は午後四時で、開演は六時——今はまだ午前十時だというのに、もう客が入り口前に並んで待ち始めている。席ナンバーのついたチケットしかない完全前売りのライブなのに、なんでこいつらはこんな前から来ているんだ、と伊佐はそのことにも苛立っていた。

ホールはもちろん屋根付きであるから関係ないのだが、空の雲行きも怪しく、今にも一雨振ってきそうだった。

千条は、ずっとモニタールームに詰めてもらっている。映像越しであっても、人々の視線のズレや行動の不審はわかる——ペイパーカットの出現に備えているのだ。

伊佐はとにかく、あちこちうろつき回ってフォーカードらしき奴等を見つけるぐらいしかやることがない。彼らの本来の任務はペイパーカットの調査であるが、このライブ自体の成否も保険会社としては重要ではある。そして——意地もあった。乗りかかった舟である。

胸元に取り付けてあるインカムが呼び出し音を告げる。

「はい、サーカム〇一——」

〝奈緒瀬ですけど——問題が起きています〟

「何かあったか？　今どこだ」

〝客の列の最後尾付近にいるのですが——少し不穏な空気になっています。ライブ開催に反対する雫マニアが大勢押し掛けてきていて、列で待っている客に絡んで来ているのです。片っ端から検挙させていますが、数が多すぎて対応し切れません〟

声の後ろから、騒ぎ声が聞こえてくる。かなり荒れているようだった。

〝脅迫犯フォーカードでなくても、このライブには反対する者が多そうですわ——どうします？〟

「くそ——」

伊佐が呻いていると、とうとう空から雨粒が落ちてきた。

みるみるうちに空が真っ黒になっていく。やむどころか、これから大雨になりそうだった。

「とにかく警備に抑えさせてくれ——早めに開場させるように、事務局の方に言ってみる」

〝いいんですか？　フォーカードもペイパーカットも、どさくさで入り込むかも知れませんよ〟

「こうなったら逆に、全部早めに入れて、それからチェックするという方針に変えるしかなかろう。下手に怪我人なんか出たら厄介だ」

〝わかりました。わたくしもそっちに行きます〟

「千条の方に行ってくれ——あんたなら、あそこの方が指示しやすいだろう」

〝ええ、じゃ――〟

奈緒瀬の通信が切れるまえに、伊佐は歩き出している。

あちこちに通信を掛けまくり、指示を出しながら、自分は出入り口を片っ端から再チェックしていく。

そのうちに、とうとう客が動き始めた。もちろんひとりひとり持ち物検査をしながらのものになるが――これまでの手口の見事さからして、ここで侵入してくるとしても、そう簡単には尻尾を出してくれないだろう。

伊佐は人の流れを上から見おろせるような位置に移動した。

あちこちからトラブルの報告が相次ぐが、決定的なものはまだない。

「――」

伊佐は、ちら、と窓の外を見た。


大雨になっているにも関わらず、まだ大勢の抗議者たちが喚《わめ》いている。

彼女の歌を汚して金儲けをするな、みたいなプラカードをかざしている奴もいる。

それを見ていて、伊佐はむかむかと腹が立ってきて仕方がない。

騒ぎが好きなだけの連中だ、と思い込みたいのだが、我ながら説得力がない。

みなもと雫の、呪いにかかっている者たち――。

(あいつら……こっちで騒ぎが起きたら、たぶん乱入してくるな)

それはほぼ確実な予測だった。フォーカードの狙いもその辺にあるのだろうか。

直ちに解散しなさい、という警察車両のスピーカーからの声が響いているが、ほとんど効果がない。もともとライブ開催の警備のために出てきているから、あまり大掛かりな検挙もできない。その方が騒ぎが大きくなってしまうからだ。

胸元の通信機が、また着信する。ほとんどひっきりなしだ。

〝――客はほぼ全員入れました。カメラやレコーダーを持ち込もうとしていた連中は十数名押さえましたが――全員、それ以上の物は持っていませんでした〟

「だろうな――そいつらは全員、今すぐ帰してしまえ。かまっている暇はない」

〝わかりました〟

通信を終えると、伊佐はまた歩き出した。何かを見落としているはずなのだが、それがなんなのかわからない。

（くそ――）

苛立ちながら彼が一般通路に降りてくると、客の女の子たち三人とすれ違った。つい疑いの目を向けてしまうが、五千人の客全員を疑っていてはきりがない。

「……でもさあ、ハイカブが出てくるのってだいぶ後なんでしょ？　それまでどーすんのよ。下手な奴が雫を歌ってんのを我慢すんのってキツくない？」

「まあ、カラオケだと思って」

「つまんなかったらここにいようよ」

なんだか好き勝手なことを言っている。ハイカブというのは、例のジェットこと高荷恒久のバンド〈灰かぶり騎士団〉のことだろう。伊佐は彼女たちの話を特に聞く気もなく、そのまま足を停めずに通り過ぎようとした。

だが――そのとき耳にその名前が飛び込んできた。

「――そういや、さっき見たのってきっと偕ちゃんよね」

「えー、まだ言ってんの？　だから違うって」

「え、なになに？　何の話？」

「いや、さっき横にいた男がさ、なんか偕ちゃんに似てるってコイツがさ」

「絶対本人よ。やっぱり気になったのよ」

「だって禿《はげ》だったじゃん。あんなスキンヘッドが偕ちゃんのはずないって――」

伊佐は振り向いて、彼女たちに詰め寄った。

「――おい、君たち!」

「わっ!」

「な、なによ――は? スタッフの人?」

伊佐の腕章を見て、彼女たちは驚きながらも話を聞く態勢になった。

「君たち、偕矢亮平を見たのか?」

「カイヤ? ああ、偕ちゃんってそんな名前だっけ。いや、コイツがそう言ってるだけで、あたしとしては」

「いや、確かに偕ちゃんだった。でも髪を剃《そ》っちゃってたから、あんましわかんなくなってたけど――」

「どこで見たんだ?」

「えーと、あっちの方の、そこの――」

要領を得ないが、話をまとめるとどうやら奥の方につながる通路へ向かっていったらしい。

伊佐はその道筋を頭に浮かべて、舌打ちした。それは見事に、監視カメラの死角のルートだった。

伊佐は女の子たちに礼も言わずに、その場から走り出した。

走りながら、中央管理室で全体をモニターしている千条に通信を入れる。

「――千条! 偕矢が姿を見せたらしい! 髪の毛を剃っていて、別人のようだと言っている!」

すると意外そうな声が返ってきた。

〝――なんだって? それは確かかい〟

相変わらず、どこか呑気そうに聞こえる声であるが、気にしている状況ではない。

「とにかく、確認する! ルートは……」

伊佐は手短に現在位置と疑わしい移動先を告げると、全速力で走り出した。

「…………」

中央管理室では、千条が怪訝そうな顔をしている。

「偕矢亮平が、ここに現れる……?」

ぼーっとして、その場に突っ立っている。

「ちょっと、何をしているのですか?」

横にいた奈緒瀬がイライラして声を上げた。

「わたくしたちも行きましょう。あなたは伊佐さんのパートナーなのでしょう!」

「…………」

千条は返事をせずに、あらぬ方向を、ぼーっ、と見つめているだけだ。なにか、緊張の糸が切れてしまったような表情になっている。

「何をぼけっと……!」

奈緒瀬が彼の肩を摑んで揺すぶると、千条はやっと、

「別に伊佐は、僕に来てくれという指示はしなかったから——それはいい」

と、なんの感情もこもらない声で、どうでもいいと言わんばかりに言った。奈緒瀬はカッとなった。

「あなたは……! いいから来なさい!」

奈緒瀬は強引に千条を連れ出した。千条は別に逆らうでもなく、されるがままに引っ張られていく。

引っ張られていきながら、ブツブツ言っている。

「それはいい——押さえるのはいい——だが、すでにマークされているのを知っていて、それでどうして偕矢亮平がこの場に現れるのか——その理由は、可能性は——」

「ほら、上に行きますわよ!」

奈緒瀬はエレベーターの中に千条を押し込めて、自分も一緒に入った。


伊佐俊一は走っていた。

彼も、おかしいということには気づいていた。偕矢亮平がフォーカードの一人であるなら、ますますおかしい。彼がこの場所に来たところで意味がないのだ。むしろ外で騒いでいる連中の中に紛れて煽動《せんどう》

した方がよほど効果がある。

（しかし――いるならば捕まえるしかない）

彼のただならぬ様子を見て、何人かいたスタッフが、

「ど、どうしましたか？」

と声を掛けてきた。

「偕矢亮平を見なかったか!?」

「え？　い、いえ――彼が？」

「ここにいるらしい！　頭を剃っているというから、それらしい奴を見なかったか？」

「いいえ――頭を？」

「皆にも伝えて、警戒しろ！」

言い終わると、彼はまた走り出す。

表の通路にはいなかった――ということは既に中に入られているのか？

奴は以前にも、このホールに入っている……そのときに抜け道を見つけている可能性はある。そもそも奴は音楽関係者であり、同様の構造をしているホールでの経験も豊富のはずだ。

（潜り込んだとして――どこに行く？）

どこか決定的な所に向かっているのだとしたら、それは――

（――むう）

確信が持てないまま、伊佐はスタッフオンリーの通路に入り、非常階段を下に降りていった。

このホールを支えている基礎の部分――そこに強力な爆発物でも仕掛けているかも知れない――もっとも、そんなものがあったら入り口の所で没収されているはずだから、あまり見込みはないが――

基礎部分の空間には、わざわざ照明はつけられていない。万が一の時のための非常灯の緑色ばかりが点在しているだけだ。必要なときは照明は後から持ち込んだり、懐中電灯を使ったりする。

その中を覗き込んだ伊佐の目に、緊張が走った。

何かが、暗闇の中で動いたのだ。

「誰だ！　誰かいるのか！」

怒鳴った。すると意外なことに――

「ああ――ここにいる」

と素直に返事が戻ってきて、そして柱の影から姿を現したのは、薄暗い中でもはっきりそれとわかるスキンヘッドの――偕矢亮平だった。

「――動くな！」

と伊佐が怒鳴ると、偕矢は両手を上にあげて〝降参〟の姿勢を見せた。武器は持っていないようだった。

「慌てるな――あんたらに危害を加えに来たんじゃない」

偕矢の声も表情も穏やかなものだった。剃られた頭は自分で剃刀をあてたもののようで、あちこち切り傷が残っている。

「おまえは、フォーカードの一味か？」

伊佐がなおも警戒を解かずに聞くと、偕矢は、

「そういう名前で警告しているのか。あいつらは」

と鼻先で笑いながら言った。

「とぼけるな！　おまえのねぐらにしていたスタジオにあったものと、現場に残されていたガムテープが一致しているんだぞ。無関係のはずがあるまい！」

「関係はあるさ――だからこうして来たんだ」

偕矢は落ち着いた態度を崩さず、追いつめられた印象はまったくない。

伊佐は胸元の通信機に向かって、

「――千条！　偕矢を確保した！」

と怒鳴った。しかし返ってきた声は何故か奈緒瀬のもので、しかも、

〝……で、よく……今……〟

という、はっきりしないものだった。地下の基礎からでは電波が上に今一つ届いていないのだ。こっちの声が向こうに届いているかも怪しい。

偕矢の方は、相変わらず落ち着き払った様子で、

「変だと思ったのは、あのまじない――ペイパーカットの件だ。あんたは確か〝他の連中はそれのこと

を知らない〟って言っていたな？」

「そうだが……それがどうした？」

「あり得ないんだ。そんなことはあり得ない――みなもと雫は、いつだってライブの時は、あれをどこかに必ず置いていた。彼女と一緒に仕事を、少しでもしたことのある連中ならば誰でも知っている――別にミュージシャンでなくても、だ」

俉矢は、なんだかおかしなことを言い始めた。

「……何を言っているんだ、おまえは――？」

「その理由はひとつしかないと思った。紙切れ《ペイパーカット》のまじないを置いた奴というのが、どんな連中なのか――それで見当がついた」

「ち、ちょっと待て――」

伊佐は混乱していた。

みなもと雫は、必ずペイパーカットの予告状めいたものを自分のライブで、自分自身で置いていた？

そういえば、確かにこいつは前にそんなようなことを言っていたが――それは、本当にそこまでペイパーカットのそれと酷似していたものだったのか？

「それじゃペイパーカットは――ここには……？」

俉矢は伊佐の混乱の質には考えが及ぶはずもなく、さらに自説を展開する。

「そう、連中はわかっていて、あんたたちにそのことを黙っていたんだ。その理由はたったひとつで、連中こそが――」

彼が言いかけたそのとき――がたん、と闇の向こうから物音がした。

伊佐は反射的にそっちの方を見た。だが、何も見えない――そして俉矢の方に眼を戻して、
そこで凍りつく。

「…………」

俉矢は、口を半開きにしていた。そこから何かを言おうとしていたが、声が出ない。

脇腹から胸に掛けて――肋骨の下から上へと貫くナイフが、深々と突き刺さっていた。深く刺しすぎて、その刃物を容易に抜き取れないほどの――致命

的な一撃が。

「――――！」

伊佐は反応しようとした。だが闇からの奇襲は彼にその猶予《ゆうよ》を与えなかった。

棍棒《こんぼう》らしき重い一撃がその後頭部に直撃し、伊佐は一瞬で意識を吹っ飛ばされた。

＊

「――もしもし、伊佐さん、伊佐さん！」

奈緒瀬は千条の胸元の通信機に向かって怒鳴っていた。妙な切れ切れの通信が少し入ってきたかと思うと、すぐに雑音ばかりになってしまった――。

何があったのか？　なんだか誰かと話していたようだったが――変なことを言っていた。

ペイパーカットは、ここには……ここには、なんだというのだろうか？

奈緒瀬は千条の顔をちらりと見た。

そして、ぎょっ、とした。

千条雅人の様相が一変していた。

その両眼が爛々《らんらん》と見開かれて、頬の筋肉が外から見えるほどに固く引き締まり、額には何本もの血管が浮き上がっていて――しかし、そこには異様なほどに、感情がない。

その唇は血の気が失せて、真っ白になっている。

そこから声が漏れだした。

「ペイパーカットは、ここには――来ていない」

それは断定だった。

その言葉をずっと探していて、そして遂にそれを見つけた――そういう言い方だった。

そして、その口からはさらに訳のわからない呪文めいた言葉が流れ出た。

「データが揃った――〈論理回路《ロジカル・サーキット》〉の起動条件を満たし、ここに――良心制御《リミッター》を解除する」

それは完全な機械音としか思えず、人の声とは思われなかった。

　スイッチが入ったら――奈緒瀬は伊佐が言っていた、あの奇妙な言葉を思い出していた。

（い、今――それが、スイッチが入ったのか――？）

　ぐいっ――と千条は、突然に奈緒瀬の襟首を摑んだ。

「え……」

　と彼女が茫然としている間も、恐ろしいまでの力で、容赦なく――彼女たちが上がってきたコースを逆行して、中央管理室へと戻っていく。

「ち、ちょっと――」

「おまえが必要だ、東澱奈緒瀬――拒否は認められない」

　千条は、さっきまでの呑気そうな人物とはまったくの別人のように、ゾッとする冷たい声で言った。

「…………」

　奈緒瀬は絶句する。

「お、おい貴様！　代表に何を……！」

　側にいた警護役の者が千条に詰め寄ろうとするが、これに奈緒瀬自身が、

「い、いや――わたくしはいい！　吉田《よしだ》、おまえは伊佐さんを探せ！　電波が届かないようなところを――」

　と制した。

「わ、わかりました」

　吉田というその警護役の者は、すぐに指示に従って、走り出していった。

　そして千条雅人は、そんな彼女たちの会話の方など見向きもせずに、どんどん進んでいく――。

CUT/8.

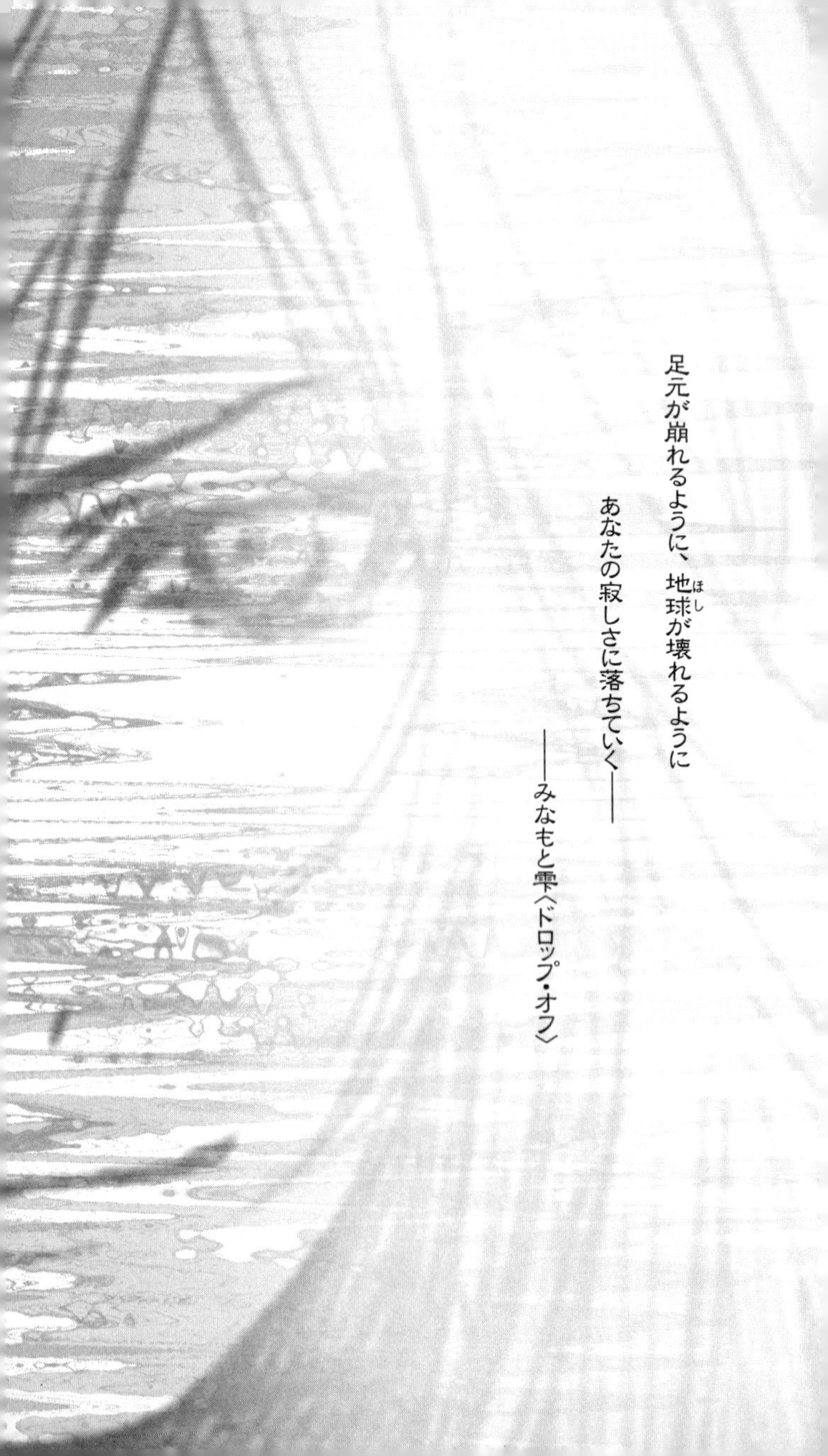

足元が崩れるように、地球《ほし》が壊れるように
あなたの寂しさに落ちていく——
みなもと雫〈ドロップ・オフ〉

1

「……は？　なんですって？」

　あの銀行の騒ぎから一週間が経った後で、なすすべもなくそのまま出てきた債権者会議の席で、相良則夫は意外きわまる言葉を聞いて、思わず訊き返してしまった。

「だから――しばらくはあのマンションの押収はしないことになった。というよりも、むしろ君が以前に提示した改良案に従って改築し、新規の顧客獲得を目指すという方向で、追加融資がされる――」

　債権者の中心的な立場の弁護士は、なんとも腑に落ちないという顔を自分でもしていた。

「なにしろ、君のところのマンションの負債がいきなり実質、半分以下になってしまったからな――あの銀行が、破綻《はたん》寸前になって国庫から支援が入るのが確定したせいで、あそこが抱えていた不良債権の内、かなりのものが救済措置《そち》対象になった――君のもそのひとつだ。再建できるならしてもらおうということで、これは運が良かったのか、悪かったのか――」

　難しいことを言われても、則夫には今一つぴんと来なかったが、銀行が危なくなったのが理由のひとつと聞いて、ぎょっとした。

（――あ、あれと関係あんのかな、やっぱ……）

　彼はもがもがと口を動かして、なかなか出てこない言葉を無理矢理にひねり出した。

「あ、あのその、銀行が危ないっていうのは、つまりその、脅迫とか……？」

「ああ？　何を言ってるんだ君は。新聞を読んでいないのか？」

　弁護士は呆れた、という顔をした。

「直接の引き金は例のあの、コンサートホールの件だ。あの新築したばかりの建物がとんだ欠陥建築で、開場したその日に潰れて、跡形《あとかた》もなくなってしまったという事件を、君は知らないのか？」

「へ――」

「あの建物の出資者の中には例の銀行も入っていて、その管理責任問題で莫大な損害賠償を請求されているんだよ。大騒ぎだ。正直、君のマンションの問題はその騒ぎの中で転がって、たまたま良い目が出たってだけだ」

「コンサートホールって、そいつは――あの、みなもと雫の――トリビュート・ライブはどうなったんですか」

「何をやっていたかは知らないが、当然中止だろう。客を入れてから、床が抜けたとか天井が落ちただのなんだので、死傷者も出たという話だから、そりゃもう無茶苦茶だ」

弁護士は肩をすくめた。

「こういう突発事態でころころ状況に変わられては、我々としても商売上がったりだ――君も、マンションを立て直せなかったら大変だぞ」

釘を刺されて、判子《はんこ》をいくつか押したり署名したりして、彼は帰された。

「…………」

則夫は茫然としながら、ふらふらと家路についた。

帰ると心配そうな顔をした久美子に迎えられて「どうだった？」と聞かれたが、彼はどう言えばいいのかよくわからず、

「あー、その……俺たちが引きこもってた間に、とんでもないことになってたらしい……」

と、力のない口調で言った。

……話を聞き、説明を受けて、ニュースも確認して、それでもまだよくわからなかった久美子は、則夫に、

「……じゃあ、今から行ってみない？」

と言った。

「どこに」

「だから、パラディン・オーディトリアムによ」

「ええ？　なんで」

「だって――気になるでしょう？」

「そりゃ気になるけど――でも」

「別に、あそことは関係ないでしょ、私たちは」

彼女たちはあの銀行の騒ぎで結局、警察にも通報せず、そのまま家に帰って、ずっとテレビも何もつけないまま二人してがたがた震えながら暮らしていたのだが、それから別に警察とか銀行の者とかは一切来ず、前から決まっていた債権者会議に則夫が呼び出されて行った以外に、全然――だから久美子も、なんとなしに行動に飢えていた。どこでもいいから外に出たい、というのが最大の動機であった。

渋る則夫を引っ張るようにして、久美子は電車に乗って問題のホールに行った。

だが、二人はその場に近寄ることはできなかった。

まだ周辺は、様々な処理をしている大勢の人々でごった返していて、関係者以外は誰も近寄れないようだった。

二人は近くのビルの展望台に昇って、そこの喫茶室の一番安いコーヒーを啜《すす》りながら、その〝跡地〟を見おろした。

真ん中から、見事なまでに陥没していた。

中に人がいたとしたら、その下敷きになって、誰一人として生きてはいられないのではないか――そう思わせるほどの、徹底的な破壊がそこにはあった。

「うわ――なんだありゃ……」

「……ひどすぎるじゃないの。あれって、ホントに欠陥住宅とか、そういうもんなの？　そういう次元？」

「いや、住宅じゃねえだろう」

「そんなことどうでもいいでしょ――無茶苦茶じゃないの。空から爆弾でも落とされたみたい……」

久美子は茫然と呟いた。それから訳もなく怖くなった。

　みなもと雫の、その狂信的なファンが何かしたのだとしたら――彼女もその同類に近い立場ではある、それが怖かった。

　二人は別に、それ以上はなにも実のある行動はできずに、そのまま近くのファミリーレストランでカレーを食べて、帰宅した。


……そして、後日談として――二人がマンションの再建に向けてそれなりに仕事を始めて、正式な不動産の所有者としては、戸籍上も夫婦の方が何かと都合がいいと弁護士からも言われていて、そろそろ入籍しなければと思っていた頃に、新聞を見ていた則夫が「あっ」と小さな声を上げた。

「なに？　どうかした？」

　久美子の質問に、則夫は、

「あれだ――宝くじだ。発表になってる」

　と答えた。

「宝くじ？　――って、あの……」

「ああ、そうだ。間違いない」

　則夫は財布の中にしまい込んでいたそれ……全部の数字が7という、きわめて変わったそいつを取り出した。

「で、で――どうなの？　当たってるの？」

「ああ――当たってる」

「どのくらいのが？」

「いや――」

　則夫は何度も慎重に見比べて、それから言った。

「――三百円だ」

　二人はしばらく顔を見合わせて、それから大笑いした。

「――換えなくていいわね、それ」

「まあな。お守りだな、一種の」

　一枚の紙切れ――それだけが、二人に残されたこの一連の奇妙な出来事でのたったひとつの痕跡だった。

そして二人の人生で、それが——飴屋という奇妙な銀色の男と関係した最後のことだった。だからそのとき、久美子が頭の隅《すみ》の方でちらりと、

（そういえば、アメヤさんはあれから戻ってこなかったけど——みなもと雫のトリビュート・ライブのことを気に掛けていたあの人は、あのとき——あそこに行ってたのかしら？　事故に巻き込まれた被害者の名前には、それらしい人はいなかったけど——書いてるっていう本の題材とか、ちゃんと摑めたのかしら——？）

と思った、それを確認するすべは彼女にはなく、だから二人は何も知らないままであった。

そこで、そのときに、誰が何と出会い、その中心で何があったのか——そんなことは当事者以外の誰にも知られることのない、隠された真実であった。

それは——

＊

——それはなんだか、発車する電車のドアにスカートの裾を挟まれて、ホームを引きずられていってしまうときの、あの感覚に似ていた。

まだ中高生だったころの奈緒瀬は、目立つことを嫌い、普通の学生のように電車やバスで通学していたものだった——そのときに一度だけ、そういう目にあったことがある。

とても怖かった。

そのときは、自分が本当は何者であるとか、どれだけ優れているか、頭がいいか、そんなこととはまったく無関係に、ただ——引っ張られるだけなのだ。しかもそれは、別に自分を害するために存在しているわけでもないものなのである。

悲鳴を上げてしまった。

自分という存在とは無関係に、勝手に動いている

もの――実は世界の大半はそういうものの積み重ねなのであり、それに逆らうとか抗議しても虚《むな》しいだけという厳然たる事実を――そのときに、初めて実感として、知った。それこそ身分を隠して生活する学校の中で、ちょっと目立つ顔立ちだからといっていじめられていたときですら、それに屈服すまいという意志だけは持てたのだが、それすら意味がないという、そういう〝事実〟――それに似ていた。

（こ、この――千条雅人――〝ロボット探偵〟……？）

彼女は、そいつに容赦なく引っ張られていく。

しかし、今度はもう悲鳴は上げない。

彼女は、伊佐俊一の言葉を思い出していたのだった。

〝スイッチが入ったら、千条の指示通りにしろ〟

そういうことを言っていた――とりあえず、今はその言葉を信じるしかない。

この千条雅人などを信用しようとはまったく思えないが、伊佐俊一には、彼女は借りがあった。

（くっ――まったく――腹立たしいけど――）

彼女のそんな思惑などまるでおかまいなしで、千条は奈緒瀬を乱暴に引きずり続け、そして中央管理室に戻ってきた。ずかずかと部屋の端まで行き、皆の方を振り返って、睨むように見回す。

そして、他の者たちが、なんだ――とこの二人の方を向いたときに、千条は奈緒瀬が護身用に隠し持っていた拳銃を、彼女の太股内側に無遠慮に手を突っ込んで取り出し、そして――発砲した。

威嚇《いかく》射撃だったが、あまりにも皆の位置に近いところを、ためらいなく撃った。

「――うわっ！」

みんなは飛び上がって、仰天した。そこに千条が容赦のない声で、

「全員、ここから出て、ホールの外に行け――今すぐに」

と宣告した。

「え……」

「お、お願いします！　この人の言う通りに！」

奈緒瀬も仕方なく、懇願した。そうしないと非常に危険な感じがしたからだ。

「あ、あの――」

皆は戸惑い、驚きつつ、じわじわと後退していき、そして走って逃げた。

「――さて、次だ」

千条はあっさりと拳銃を捨てて、奈緒瀬を引っ張って、ホール内外に伝達事項などをスピーカー放送する機器の前に引っ張ってきた。

「今から、言う言葉をそのまま放送しろ」

「な、何でわたくしなのです？」

「警察などの全員に、問答無用で命令できるのは、この場では東澱だけだ。――まず〝館内にいるすべての人は、大至急、建物の外に避難してください〟と言え」

「ええ？　なんで――」

「質問は後で受け付ける――言え。避難理由は、地下から深刻な毒ガスが発生したからだ、と嘘をつけ」

奈緒瀬は仕方なく、言われたとおりに放送した。そしてついでに口が滑って、

「……え、えと、係員の指示に従って、落ち着いて――」

行動してください、と言いかけたところで、千条の手が彼女の口をいきなり覆った。

「――む、むぐ……？」

「係員の指示など、聞いてもらう必要はない。次には警備と警察の者に、東澱の名と口調で、こう命じろ――〝総員、直ちに自分たちの側にいる、ライブのスタッフ、その他関係者の全員を逮捕、拘束しろ〟と――」

「ち、ちょっと！　そんな無茶苦茶な――どうしてですか？」

我慢できなくなって、奈緒瀬は叫んでしまった。

これに千条は、ここだけは説明しなければならないと認めたのか、素っ気ない口調で、

「確率では、おそらく三〇パーセント程度しか紛れてはいないだろうが、いちいち分別している余裕がない」

「な、なにをですか？」

「フォーカードは、最低でも数十名以上がスタッフの内部に紛れ込んでいる。最初からだ。このライブは妨害者の手によって始められたも同然だったのだ」

千条は当然のように、断言した。

「………………！」

奈緒瀬は愕然となったが、千条はそんな彼女の動揺など無視して、

「早くしないと、このホールにいる五千人以上の全員が、死ぬぞ」

と告げた。

2

……大混乱になっていた。

放送は当然、外のスピーカーにも流れていたから、毒ガス云々《うんぬん》の話のせいでパニックが拡大していた。

ホールの出入り口は、扉が全て開けられて人がなだれをうって出てきていたが、二階席、三階席の者たちは階段のところで固まってなかなか動けなくなっていたり、落ちて怪我をしたりと大騒ぎであった。誘導すべき係員の者たちはほぼ全員が警備の者たちと格闘状態になっていて、何で捕まえられるのかわからないから暴れている者もいれば、明らかに、逃げようとして抵抗する者たちもいた。

しかし何しろ尋問したりしている暇もなく、とにかく捕まえたら外に出ろということであるから、中には全然関係ない客もかなり手錠を掛けられたりし

ていた。後から人権問題に発展しそうな勢いであったが、東灘という名前がそれを可能にしていた。問題が起きても、揉み消してくれるという保証付きのようなものだからだ。しかし一般の人間は、表には決して出ないそんな名前のことなどまったく知らないので、対立は決定的だった。

「ふ、ふざけやがって！」

「なんなんだよ、これ！」

「抵抗するな！」

「む、無理矢理じゃないか、こんなの！」

「おとなしくすれば、すぐに外に出られるんだぞ！」

「こ、このクソが！」

「ふざけやがって！　おまえらになにが——」

「黙ってろ！　もう一発殴られたいか！」

怒号と悲鳴が錯綜《さくそう》して、ただでさえ音響のいい場所で、わあん、と騒音が反響して、異様な音がそこに生じていた。このホールで、大勢の人間の前で音響効果を証明したのは結局、これ一回切りということになったが、そんな感懐を持つ者などその場には誰一人としていなかった。

そして——それが途切れた。

——びきっ、

と、ホールの端——空っぽのステージの方から異様な音が響いて、そして全体に漂っていた反響が一瞬にして、消えた。

気がついて、振り向いた者はごく少数だった。

だがそのわずかな者たちは、見た。

ステージ後方に置かれた、巨大な映像装置が床にめりこんでいて——そこから全体に亀裂が走っている光景を。

ステージの下は迫《せ》り出しやらライティングのセットなどを仕込むために、上げ底になっている——それらが抜け落ちて、その下にある床にまで罅割《ひび》れが伸びていて、壁もびし、びし——と割れていって、そこに跳ね返っていた音は外に漏れだしていた。

巨大な映像装置が、ずぼっ——と突然に地面の下に落下して消えるのと、罅割れがはっきりとした衝撃を伴って、爆発的に広がっていったのは、ほとんど同時だった。

＊

衝撃は、放送を続けていた中央制御室にも届いていた。

「——限界だ。脱出する」

千条は、奈緒瀬をここに連れ込んだときと同様に、まったく容赦なく今度は連れ出した。

部屋を出るのと同時に、がくん——と通路全体が激しく揺れて、そして傾いた。

「な、なんなの——これは?」

奈緒瀬は驚くというよりも、むしろうんざりしていた。千条は無論、説明などまったくしてくれないで、彼女を引っ張って疾走する。奈緒瀬の足はわずかに浮いて、ほぼ床についていないほどの勢いだった。

非常階段の所に来たが、扉を開けた途端に駄目だとわかった。

天井が落ちてきていて、通れない——千条はすぐさまきびすを返して、エレベーターに向かった。

しかしボタンを押して、ケージを呼んだりはしなかった。その扉を片手で無理矢理に、こじ開けてしまう。

ケージはそこにはなく、しかしそこにあるはずのワイヤーもなかった。

上から切れて、落ちてしまっていたのだ。さっきの衝撃の中には、ケージが落ちたときのものも混じっていたかも知れない。

「これじゃ——」

と奈緒瀬が言いかけたときには、もう千条は中に飛び込んでいた。

「——わっ！」

落ちる——奈緒瀬が思ったときには、千条は足を壁につけて、無理矢理に下へと蹴っていた。反動で二人は上に昇る。

そして反対側に来て、また蹴った——それが四回続いたところで、千条と奈緒瀬の身体は、電源が切れて半開きになっている上の階の扉の所に到達した。千条はそこに、またしても強引に爪先《つまさき》をねじ込ませて、ぴん——とそれだけで二人分の体重を支えた。

そして、再び扉を片手でこじあけて、奈緒瀬をその向こう側に投げ捨てた。建物裏手にあたるエレベーターなので、客は誰もいないし、スタッフも騒ぎで付近にはとっくにいない。

誰もいないところに放り出された奈緒瀬は、したたかに腰を打ってしまい、うっ、と唸った。

「な、なんて乱暴な——」

と文句を言ってやろうと千条の方を見て——その眼が丸くなる。

千条は、まだエレベーターから出てきていなかった。

片足の爪先だけで、身体を支えたままで——いや、それがだんだん後ろに倒れていく。

彼女を放り投げた姿勢のまま全然動かないで、落ちていく……。

「な、なん——」

奈緒瀬は慌てて駆け寄って、その腕を必死で掴んだ。

ぼきっ、という嫌な感触があり、千条の肩が変な方向に曲がった。

左肩につながる鎖骨が、折れてしまっていた。

「う……」

奈緒瀬が戦慄しても、千条は落ち着き払った声で、

「そのまま、あと五秒——急激な連続運動による、

筋肉の乳酸過剰生成が原因の一時的な停止状態――回復した」

言うが早いか、千条はすぐに動きを再開して、ばっ、と外に飛び出した。

「あ、あ、あなた――肩が」

「伊佐に警告されていたように、やはり肩に応力疲労が残っていたようだが、この程度なら問題ない」

変な形に肩を歪めながら、痛そうな顔ひとつしない。タフなスーパーマンなのか、それとも脆《もろ》いピノキオなのか、さっぱりわからない。

とにかく、ここまで来れば出口は目の前だったので、二人はやっと外に脱出できた。

雨が降りしきる中、周辺の騒ぎが、裏手にも響いてきていた。

「――い、一体これはなんなのですか？　どうしてホール全体がいきなり壊れてしまったんです？」

奈緒瀬は、やっと質問することができた。

「――――」

無表情のロボット探偵は、彼女の方を向いた。

その眼を見て、奈緒瀬ははっとなった。

穏やかで、冷静で、しかし――どこか茫洋としている、あの眼に戻っていた。

「あなた――スイッチが……切れたの？」

「はい」

千条はあっさりとした口調で言った。

「状況が一段落し、懸案とされていた事態はほぼ解消されましたので〈論理回路《ロジカル・サーキット》〉は遮断、停止しました。強行処理すべき事項は現在、ありません」

奈緒瀬が〝スイッチ〟という単語を使ったためか、千条は訳のわからないことを一方的に言った。

そのとき、二人の背後の建物が――パラディン・オーディトリアムが地響きと共に、天空から見えない巨人が踏み潰したかのように――崩壊した。

「…………！」

奈緒瀬は愕然となった。しかし千条はまるで動じる様子もなく、

「とりあえず、脱出させられるだけの人間は脱出できたはずです。犠牲者は最小限で済んだでしょう」

と述べたので、奈緒瀬はぎくりとして彼を見た。

「……わ、わかっていたの……？」

「〝わかっていた〟のではなく、あの瞬間に〝わかった〟のです。状況がきわめて不確定な中で、データが揃ったことですべての事態がひとつの状況を示し、その段階で最良と思われる行動を実行しました。あなたの存在がなくては、あそこまで徹底的な行動は不可能でした」

徹底的って……それをやらせたのは自分ではなく、あなたではないかと奈緒瀬は思ったが、

「データが揃った、って——それは」

「もちろん〝ペイパーカットが、ここには来ていない〟というデータです。我々がここに出向くきっかけとなった、あの紙切れはフォーカードと名乗る者たちの一員が、みなもと雫の慣習を真似て置いたものにすぎなかった——その事実が判明した時点で、フォーカードの目的も、その規模も確定したのです」

「な、何を言ってるの？　何のことなのよ？」

奈緒瀬は話についていけない。

「偕矢亮平がここに来た目的は、彼もまたその事実に気づいて、それを阻止するためだったとしか判断のしようがないのです。しかし、そのために彼はおそらく、既に死亡しています」

「……え？」

「フォーカードの一人に攻撃されて、もう生命はないでしょう——通信が途絶えた時点で、そのことは確定済みなのですから」

＊

——身体がどこかに行ってしまったみたいだった。

ただただ〝重い〟という感触ばかりが存在して、

ずぶずぶと沈んでいく。

地獄に堕《お》ちるというのは、こういうものなのかと思って、ああ、と亮平は気づいた。

そうか、俺は殺されたんだった——今は消えかけている生命の切れ端が、わずかに残っているだけなのだろう。

もう痛みもなく、寒気もなく、そして疲労もなく、ただ——沈んでいく。

自分は、なんだったのだろう。

なんだったのかなあ、と彼はぼんやりと思う。

適当に、心地よいところばかりを求めて、ふらふらと彷徨《さまよ》っていただけの人生のような気がした。ほんとうに重要なことには、自分は遂に近づけなかったような気がした。

俺にとって、大切なこと——大事なものって、なんだったんだろうなあ——

そう思いながら、沈んでいく。

そして、もう自分はほとんど沈んでしまったな、これが落ちきったら、きっと何もかもなくなるんだな、とおぼろに感じたそのとき、亮平は目の前に誰かが立っているのを見つけた。

誰なのか、考えるまでもなかった。

「——やれやれ、まったくひでえもんだな、おい？」

そいつはぶっきらぼうな口調で言ってきた。相変わらず歌姫と呼ばれるイメージに似合わない、男みたいな乱暴な口調だった。彼も、以前のように、いつものように軽口っぽい文句で返す。

うるせえな、誰のせいだと思ってんだよ——

「偕ちゃんよ、あんたらしくもなく無茶しようとするからだよ。あんたはご機嫌な音楽を弾いてりゃ、それで良かったんじゃねーのかよ？」

あの連中が、おまえの音楽を本気で聴いてねーのが腹立たしかったんだよ。どんなことしても壊れねーのが、わかってねーんだからよ——

「けっ、相変わらず変なトコばかり潔癖なんだからさ、だから女と長続きしねーんだよ」

で、この世にも長続きできなかった、ってか。まあ、そうかも知れないな——


……ずぶずぶと沈んでいく。


そういえば、おまえ、なんでペイパーカットのまじないなんて知ってたんだ？　あれのせいで、こんなにややこしいことになっちまってさあ——

「あのね、偕ちゃん——あんたバカ？　これはあんたが見ている幻影《まぼろし》なんだから、あんたが知らないことを私が言えるわきゃねーだろ」

はあ、なるほど。そういうものか——

「そういうもんだよ」

なんで、おまえなんだろうな——

「一番気に食わなかったからじゃないの？　私に怒鳴られてばっかりで、よっぽど腹が立っていたとか」

腹は……ははっ、立ってたよなあ。おまえの指は変な動きが染みついてるから駄目、とかみんなの前で言われたりなあ。プライドずたずただったもんなあ——


……ずぶずぶと沈んでいく。


「でもさ、偕ちゃん」

ん？　なんだ——

「あんたはさ、自分に嘘はつかなかったよね。それだけは自分を認めてやってもいいんじゃないのかな」

はあ、おまえっていっつもそうなのな——

「んん？」

ムチャクチャ身勝手なのに、どうしてここぞってトコではスゲエ優しいんだよ、まったく——

「こういうのは優しいっていうんじゃなくて、小賢《こざか》しいっていうんだよ」

　そうそう、そういう風に——笑って——

　……ずぶずぶと沈んでいく。

「ねえ、偕ちゃん」

　なんだ、おまえが今さら、俺なんかに訊くことがあるのかよ——

「私たちって、やっぱり負けたのかな」

　さあな、どうなんだろうな。だいたい、何でおまえは死んじまったんだよ——

「わかるだろ。あんたなら、さ——私自身が、私の音楽にとって邪魔になったからだよ」

　そんな風に思い込むから、おまえは……でも、だからこそあんな音楽が創れたんだろうしなあ——

「うまくいかないよね、なかなかね」

　そうだよなあ、まったくなあ——でも、

　……ずぶずぶと沈んでいき、そして、その境界を越えて、没する。遠くの方で何かが絶たれて、永遠の暗黒が落ちてくる。

　——でも、もしかすると、真に大切なものを見失って負けたかどうかを決めるのは、消えていく我々ではなく——

＊

　偕矢亮平は息絶えていた。誰も、その死に際を看取る者はいなかった。状況は、この少しやさぐれたギタリストのささやかな最期など無視して、勝手にどんどん進行していく最中だった。

3

　……落ちたのだ。

　それだけが、かろうじて自覚できた。

後ろから殴られて、倒れて、そして――それから崩れ落ちる地面と一緒に、転落した――それが伊佐俊一が認識できた事態の概要だった。

（な、なにが――くそ、確か――偕矢亮平が刺されて――）

身体が思うように動かず、そして――サングラスも吹っ飛んでいた。

だが眼を細める必要はない。周囲は薄暗い。ほとんど夜のような暗さだ。その中に粉塵《ふんじん》が舞い散っている。

床が抜けて、下に落ちた……？

いや、しかし彼がいたのは、建物全体を下から支えていた基礎であり、それが抜けるということなどあり得るのだろうか？　だとしたら――上に乗っていた建物自体が、すべて潰れてしまっているはずだった。そして自分は、その下敷きになっている――上は完全に瓦礫《がれき》の山のはずだ。潰されはしなかったが、間隙に閉じこめられている――そういうことになる。

そして――激痛。

胸から腹部に掛けて、激しい発熱を伴う打撲による内出血と、裂傷が生じていた。かつて左胸を撃たれた、その古傷が開いていたのだ。

（か、身体が――痺れて、動かない……！）

指先ひとつ動かそうと体力をわずかに消費するだけで、意識が遠くなりかける。

そして胸の奥から、ごぼごぼ、という異音が響いてくる。

（ま、まずい――肺胞《はいほう》に血が流れ込んでやがる……このままだと、出血多量の前に、窒息死するぞ――）

視界がぼんやりとだが――晴れていく。舞い散っていた粉塵が落下して、下に積もっていくのだ。

その彼の視界の隅に、誰かもう一人が倒れていた。

最初は偕矢亮平かと思ったが、それにしては体格が良すぎた。その顔に見覚えがなんとなく、あった。

（確か――奈緒瀬の警護役の――吉田とかいう……）

彼を探しに来て、巻き込まれたのだろうか？

その胸部には、大きなガラス片が突き立っていた。背中まで完全に貫通しているようだった。

両眼を見開いて、口をぽかんと開けて、ぴくりとも動かず、確認するまでもなく……即死だったろう。

（う、うう……）

なんとか……なんとかしなければ。

彼がここにいることを、上の者に知らせなければならない。しかし上の方はどうなっているのだろう？

（千条の……〈論理回路《ロジカル・サーキット》〉のスイッチが入っていることを期待するしかないが……だが）

もし、論理的に彼を助けることが可能性として低いならば、ロボット探偵はあっさりと彼を見殺しにするだろう。あれは、そういう機能なのだ。データが揃って、すべてが明らかになったとき――完全に事件を解決するための効率を最優先に、他の要素は一切考慮されない――即断即決で、とにかく事態を収拾することのみに活動するように創られている。

どこまで絶望的なのか――ホールにいた人間は皆殺しになってしまったのか？

（フ、フォーカードか――なんてことだ――そこまで圧倒的だったのか、みなもと雫の、歌の影響力は……）

伊佐が思った、そのとき――歌が聞こえてきた。

落ちていく、落ちていく――
あなたの優しさに、あなたの寂しさに
雨粒が垂れるように、想いがこぼれていく
涙が溢れるように、気持ちが募《つの》っていく
それはほんの一粒の真実と、たくさんの嘘と

何も信じられないけど、なんでも信じたくて
どこまでも遠くに行けそうで、でも迷ってて
暗闇の中、あなたの手を探す、探す——
足元が崩れるように、地球《ほし》が壊れるように
あなたの寂しさに落ちていく——

幻聴だ、まずそう思った。だが違った。それは紛れもなく、人間の喉から発せられる声だった。

そして——みなもと雫の声でもなかった。

その声には聞き覚えがあった。

（な、なんだって……）

伊佐が戦慄したその瞬間、彼の胸からごぼぼぼぼっ、という血が泡となって噴き出す音が周囲に響いた。

ふっ、と歌が停まる。

「あら——」

という女の声がして、そして足音が近づいてきた。

「保険屋さん——まだ息があったんですね」

そう言って、苦悶《くもん》に呻く伊佐を冷ややかに見おろす女は、せっかくパーマを当てた長い髪を手入れしている暇がないために、バンダナを巻いて押さえつけていて、コンタクトではなく眼鏡を掛けて、しかも飾り気のないジーンズ姿だった。

このトリビュート・ライブを運営していたイベント管理会社の、伊佐たちの補佐として付いていたその女の名は、御厨千春といった。

＊

雨は一層ひどくなってきており、空には雷まで轟《とどろ》き始めた。まだ正午辺りの時間だというのに、既に夕暮れかと思わせるような暗さである。

「フォーカードの存在の強力さを考えるに——今から思えば、そもそもみなもと雫の死因にもその予兆がはっきりとありました」

千条は淡々とした口調で説明を続ける。

「――――」

奈緒瀬は雨に打たれてずぶ濡れになっていくのにも反応できず、茫然としていた。

「泥酔したところを、恋人に絞め殺された――それが覚悟の心中だったのか、それとも男の単なる凶行だったのか、そんなことはこの際重要ではなく、ここで問題なのはそれが、人の生き死にに関わるレベルにまで進行していた、ということです。男はみなもと雫の信奉者であったのか、それとも単なる性的パートナーであったかは知りませんが、みなもと雫に関わった者がおかしくなるという類例としては充分であり、しかもそれが殺人という領域に、平気で踏み込んでいる――自分自身の殺傷も含めて、です」

千条はあまりにも平静に喋っているので、そこだけ混乱した状況から隔絶《かくぜつ》しているようだった。

「そしてみなもと雫の歌というのは、パッケージとして数百万という単位で流通し、自らのライブでは数万という人間を動員していた――その影響力というものを、我々は軽視していた。フォーカードは複数犯であるという証拠が出てきた時点で、気がついてしかるべきだった――そいつらは、どこにでもいるのだと」

「…………」

「ましてや、ライブコンサートのイベントスタッフなどというのは、普通の人間よりも音楽に対する感受性は鋭く、こういう言い方が適切かどうかは知りませんが――汚染されている確率が極めて高い」

「…………」

「監視カメラをいくら増やしても、無駄だったのです。いつのまにか仕掛けられていた妨害工作というのも、そう思えば不思議でも何でもない――堂々と工作しても、それを周り中で隠蔽《いんぺい》すれば良いだけなのですから。これは現時点ではデータ不足で類推の域を出ませんが、この誰が提示したのかはっきりしない企画そのものが、最初から何者かが、みなもと雫の、その死を利用して実施される商売に集まってくるような〝不届き者〟を抹殺《まっさつ》するために始められたのかも知れない。この辺は今後の追及対象となるでしょう」

「………………」

「そして妨害工作というのも、単なる目眩《めくら》ましだったた。上の方にばかり注意を喚起させて、実際の破壊工作は、ずっと地下で行われていたのです。基礎から破壊し、ライブの当日の、その時間に大地の底が抜けるようにされていた……しかし天候不良のために伊佐が、客を早く入れてしまったために、その計算が狂って、現在のような段階的な崩壊現象に留《とど》まったのです。おそらく、地下で何者かが、直接に破壊活動をして強引に崩壊を早めさせたのだと思われます——そいつも死にますが、そのことはこいつらは皆、最初から覚悟の上です。みなもと雫を絞殺した男が後追い自殺したように」

「——あっ！」

ここで、その名前が千条の口から出て、やっと奈緒瀬は我に返った。

「——そ、そうだ——伊佐さんは？」

「ですから、地下のはずです。電波が届かない位置、この凶行に気づいて確認しようとした偕矢亮平の行くところ、そして破壊工作を実施していた場所——すべて、そこしかあり得ないのですから」

千条の声は、まるで原稿を読み上げるアナウンサーのようである。

「あ、あなた——どうして」

そんな呑気な顔をしていられるのか、と奈緒瀬は詰め寄ろうとした。だが——

「僕としても、最初から地下が怪しいとは思っていませんでした。というより、実際に崩れてからでないと、どこから破壊が来るのかわからなかった——だからあなたに、とにかく人々を外に出すようにと言ったのです。それが最優先でしたから」

――無駄なのだ。千条にいくら、そういうことで抗議しても通じないのだ。彼は――これはロボット探偵なのだから。

奈緒瀬は携帯電話を取り出して、部下に掛けようとした。

だが――その耳に劈《つんざ》くような激しいノイズが突き刺さった。

「――うわっ！　で、電波障害……？」

空には、雷も轟いている――。ちっ、と奈緒瀬は舌打ちした。

「伊佐が助かっているとしても、救助は崩壊が一段落してからでないと危険です。それに――」

千条の言葉の途中で、奈緒瀬は走り出していた。

近くに停めてある車には、もっと強力な通信システムを搭載している。

地面に溜まった雨粒を跳ね散らかしながら、奈緒瀬は走った。

車に待機していた部下は、動揺していた。

「だ、代表、これは一体――」

「どけ！」

彼女はそいつを押しのけて、自ら通信機を摑んだ。

「――おい、聞こえるか！　おい！」

あちこち掛けまくり、やっとつながった相手は、警備責任者のところだった。

〝――これは代表……状況は不透明で……ですが、確認できている範囲では死傷者はごく少ないものと……それで……〟

ノイズ混じりだが、なんとか聞こえる。

「サーカム保険の伊佐俊一を見なかったか？　近くにいないか？　それと――」

彼女は一瞬言葉に詰まり、しかしなんとか言った。

「――吉田はどうだ？　わたくしは彼に、伊佐を追うように命じたのだが……」

〝……は、吉田――ですか……ご存じなかったので

すか？　奴は——さっき自宅から連絡してきて——〃

奈緒瀬は、一瞬何を言われているのかわからなかった。

「……え？」

〃なんでも、例の銀行の一件から記憶がないとか言っていて……気がついたら自宅だった、とか——頭を打っているのかも知れないから、病院での検査を命じておきましたが——〃

「…………」

奈緒瀬は立ちすくんでいた。

知っている。

そういう話は、知っている——。

〃——もしもし、代表……？〃

いつのまにか——誰も気がつかず——いるのかいないのか、気にならず——言われてみれば、いたような気も、そうでないような気も——。

「………！」


ぶるぶるぶる、と身体がいつのまにか震えていた。それは必ずしも、雨粒の冷たさによるものではなさそうだった。

〃もし、代表……代表？　——お嬢様……？　いったい何が………………〃

途中で、通信がまた激しくなってきたノイズに掻き消されて、途切れた。

「——救助は崩壊が一段落してからでないと、危険……それに」

雨に打たれながら、千条雅人は崩れていくパラディン・オーディトリアムを見つめていた。

空では雷が鳴っている。電波障害が荒れ狂っている——。

その口元には、この男には滅多に見られない——わずかな、だが確かな微笑みが浮かんでいた。

歪んだ笑みだった。

「それに——助かってねえ方が、死んでいた方がマシかも知れねーよな、俊一くんよ——地の底で何と出くわすか、知れたもんじゃねえからな——」

そして空を見上げて、呟く。

「そうだろう、なあ、姉さん——」

雷がまた鳴って、閃光にその顔が一瞬、白くとんで、そして戻ったときには——また、無表情に戻っている。

「————」

千条雅人はきびすを返し、東澱奈緒瀬の後を追うために歩き出した。

4

ぽた、ぽた——と上から水滴が垂れてくる。

崩れかけた天井の裂け目から、雨が伝わって、落ちてきているのだ。

（ぐ、ぐぐぐ……！）

伊佐の顔にも、その飛沫《ひまつ》がかかるが、彼はそれを払いのけることも、逃れることもできなかった。身体の痺れはひどくなるばかりで、肺が異様に熱くなって、息がまともにできなくなりつつあった。

そんな彼の前に、御厨千春がゆっくりと近づいてくる。

（こ、こいつが——地下の基礎を、壊してまわっていて——そこに——）

自分と偕矢が来てしまったのか——死の待つ罠《わな》に、自ら——

「もう、わかりましたよね、保険屋さん——」

御厨は、手に何かを持っていた。それは一度は偕矢亮平に深々と突き刺したはずの、あのナイフだった。

「あの裏切り者に、思わず深く刺しすぎて、すぐに抜けなかったから、とっさにあなたは殴り倒したけど——今はもう、こうして」

その切っ先を、すうっ、と持ち上げてみせた。

（うぐぐぐ……）

伊佐は、もう声すらまともには出なくなってい
た。
「いや、チャンスは与えてやったのよ？　あいつが
のこのことホールに来たときに、後を尾けていっ
て、あなたたちが奴の所に行った後に接触して――
でも、あれは腑抜けだったわ。だから――今、殺し
た」
それはなんの後ろめたさもない、透みきった口調
だった。
伊佐の胸から、また異様な、湿った音が響いた。
肺に――血が詰まりつつある。
「あなた、放っておいてもすぐに死ぬわね」
御厨は冷ややかに言い放った。それは動かない真
実だけが持つ、重い宣告だった。
「じゃあ、どっちがいいかしら――今、私がとどめ
を刺してあげるのと、そのまま死ぬのと、どっちが
いいのかしら？」
伊佐は、その視界がだんだんぼやけていくのを自
覚した。
意識を失ったら――きっと、もう戻っては来れな
い。
（い、いかん――）
視界の隅に、きらきらとした無数の流れ星のよう
な光がちらつきだした。貧血症状で視覚が冒《おか》されて
いるのだった。
この光がすべてを埋め尽くしたとき――意識もな
くなるだろう。
そして――この段階になって、やっと――伊佐は
それに気がついた。
（……あ……？）
瓦礫の向こう側に倒れている、奈緒瀬の警護役の
吉田の死体が――その姿勢が微妙に変わっていた。
（て、手が――上に――）
だらりと垂れていたはずの腕が、いつのまにか上
がっていた。
そして、その指先が、胸に突き刺さっているガラ

ス片を摑んで——それを外した。それは、刺さっていると思われた所から、炙《あぶ》られたように溶けて、貼りついていただけだった。

　そして、ゆらり——と身体が、ゆっくりと起き上がっていく——。

（……あ、あれは……な、なんで——）

　それはもう、吉田ではなかった。どうしてそれが吉田に見えていたのか、伊佐には思い出すことができなかった。

　そのとき——上の方からなにか、水でないものが落ちてきた。

　ひらり——と、天井にでも貼りついていたのか、その一枚の紙切れは、暗い間隙《かんげき》の中を左右に揺れながら落ちてくる。

　その紙切れに何が書いてあるのか、もう——伊佐には考えるまでもなかった。

　それはずっとこの件には無縁だった。似せたものを同一だと、勝手にこっちが勘違いしていただけだった。このみなもと雫のトリビュート・ライブに関連する事柄には、そいつはこれまで、まったく関わっていなかった——そう、関係するのは、

（たった今——このときからだった……！）

　伊佐の眼にはっきりと浮かんだ戦慄を見て、背後を見ようという発想などあるはずもない御厨は、ふむ、とうなずいて、

「怖いみたいね……じゃあ、やっぱり今すぐ殺してあげるわ」

　彼女はナイフを振りかぶり、そして伊佐に迫ってきた。

　再び、歌を口ずさみはじめている。


落ちていく、落ちていく——

あなたの優しさに、あなたの寂しさに

　伊佐の目の前に立ち、視線を胸と首と腹部の間で動かす。どこに刺そうか、迷っているようだった。

雨粒が垂れるように、想いがこぼれていく
涙が溢れるように、気持ちが募っていく

うっとりとした口調で歌いながら、再び伊佐の眼に視線を合わせて、どうやら狙いを首筋に絞ったらしく、その位置に合わせてナイフの切っ先が動いた。だが伊佐は、その弱っていて色の変わっている眼は、その彼女も、そしてナイフも見ていなかった。向こう側からは、無音でゆっくりとやってくる——銀色が。

それはほんの一粒の真実と、たくさんの嘘と
何も信じられないけど、なんでも信じたくて

御厨は、その目元がにっこりと微笑んで、それはほんとうに心の底から、これで死ねてあなたは幸せだと告げている表情であり、ナイフの動きもなんの躊躇もなく、そして、その背後からは——手が。

どこまでも遠くに行けそうで、でも——

御厨の腕が振りトろされそうになったその瞬間、すっ、と彼女の頭部に巻かれていたバンダナが背後からの手によって、まさに一瞬で解かれていた。それは中央に大きく〝S〟というイニシャルと、そしてサインが入っている、みなもと雫がかつてごく一部にのみ配布したノベルティグッズだった。

迷っ、てて……て——

——がくん、とその身体から力が失せて、顔から眼鏡が落ちて、パーマをあてていたが手入れをしていなかった長い髪がふわっ、と広がって、そしてナイフが手から落ちて、そのまま——崩れ落ちた。
微動だに、ぴくりとも——動かない。完璧に停止

していた。

　生命と、魂が。

「…………」

　その様子を、背後に立っている銀色の男は冷ややかな眼で見おろしていた。

　そして——手に持っているバンダナを無造作に、ぱっ、と放り投げた。

　それは少しのあいだ宙を舞っていたが、やがて肺に血が溜まりかけていて、死につつある男の顔の上に覆い被さった。

　反応は劇的だった。

　ぐっ、と喉元に突き上げてくるような感触が生じたと思うと、次の瞬間、伊佐はまるで酔っぱらいがアルコール混じりの未消化物を嘔吐《おうと》するときのように——肺に詰まりつつあった血液を大量に、迸るように気道から、口から吐きだしていた。バンダナは血に染まって、床の上にべちゃり、と落ちた。

「——がはっ、はっ……！」

　ごはがはげほほ、と激しい咳き込みが続いて、呼吸が戻ってきて、身体中がびっくりするくらいに寒くなってきて、その代わりに手足が再び動き始めた。

（……な、何を——今）

　口からなおも血を流しながら、伊佐は目の前の男を、ぼんやりと見上げた。

（い、今——何を……しやがった……？）

　あっちから盗《と》ったものを、こっちへ移す……とでもいうかのように、いともあっさりと生命を——その魂の一滴《ソウルドロップ》を、ひと垂らし——。

「——君のような人間は、生きている方が興味深い」

　そいつは静かな口調で言い、そして微笑した。

　それは——どんな微笑みだったのか、とても説明できず、他に喩えようもなく、故に後から思い出そうとしても——あまりにも取り留めがない、そんな表情であり、眼差しだった。

「ぐ、ぐぐ――」

伊佐は上体を起こしたものの、今度は逆にその身体が前に折れ曲がっていく。呼吸は回復したが、激痛が彼の意識をどんどん薄れさせていく。これはさっきの衰退とは逆に、少しでも体力を保存しようという肉体の、生き延びようとする本能的な反応だった。

「ま、待て――き、貴様は――いッたい……」

伊佐が必死で伸ばした指先が、そいつの差し出している指先にわずかに触れた。

「君らは――私などよりも、自分たちの方をこそ、知らないままなのさ――」

遠くから声が聞こえてきて、そして伊佐の意識はそのまま前のめりに、暗黒の中へと落ちていった。

＊

降りしきる雨は止まず、群衆はその中で茫然としたままだった。

「…………」

その隅の方で、一台のバントラックが停められていて、その開けられたウインドウから、一人の男が潰れたパラディン・オーディトリアムを見つめていた。顔にメイクがされていたのが、騒ぎと雨でだんだら模様に剝げかけていて、それがそのままになっている。

睨みつけていた。

「あ、あの――ジェットさん、窓、閉めた方が良くないっすか？」

男の背後から同乗者の弱々しい声が掛けられたが、男――高荷恒久はそんな言葉を無視して、なおも鋭い視線を全壊したコンサートホールに向け続けて、ぶつぶつと呟いていた。

「俺は――諦めないぞ――くそったれが――俺は諦めないからな――絶対に――」

あまりにも強く、固く握りしめすぎた拳からは血が滲んでいたが、彼はそのことに気がついていなかった。

＊

〃……見つけました、伊佐俊一氏です。地下に通じていた階段の、そのすぐ下にいました。既に他の者が、瓦礫をどけていて——それと死体をひとつ、これはどうやら犯人の一味の誰かのようですが〃

そういう通信が入って、奈緒瀬は全身から力が抜けた。

「彼は無事なのね？」

〃はい。重傷ですが、傷に麻酔を投与しましたので、意識も——はい、今戻ったそうです。古傷が開いただけだ、と言っています。落ち着いているようです。すぐに救急車で搬送します〃

「そう——良かったわ」

奈緒瀬は通信機を置くと、車にもたれかかって、大きく吐息をついた。

「彼は運が強い」

横に立っている千条が、しれっとした顔で言った。彼の折れた肩の鎖骨には、そこらで拾った接《つ》ぎ木がビニールテープで添えてある。

「——あなたは行った方がいいんじゃないの。相棒でしょう？」

「あなたは？」

千条の何気ない言葉に、奈緒瀬はちょっと顔をしかめて、

「いや——今、あの人と顔を合わせたら、なんだか——」

と言いかけて、それから頭を振った。

「——あとでお見舞いに行くって言っておいて。無事だっただけでもいいわ。わたくしは——少し疲れたわ……」

そして、どこかふてくされたような、苦笑めいた顔をした。

「そうですか、では僕は伊佐の許《もと》に――」

と千条は歩き出しかけて、彼女の方を振り向いた。

「そう言えば――フォーカードと犯人グループが自称するようになったのは、ペイパーカットの存在を知って、これに引っかけたためと思われますが、その情報源の漏洩《ろうえい》元は、我々サーカムか東澱の関係者しかあり得ません。我々も調査しますが、そちらもお気をつけて」

「ああそう、なるほどね。気をつけるわ。……気をつけることが多すぎるけどね」

奈緒瀬は投げやりに言った。すると千条は彼女をさらに見つめて、

「――あの」

と呼びかけてきた。

「なあに？　まだあるの」

「もし、僕のスイッチが入っている間の行動で、お気に障ることがありましたのならば、お詫びいたしますが」

そういうことを、何の誠意もない無表情で言う。

奈緒瀬は眉を片方だけ、ちょい、と上げてみせて、

「電車が停まれば、スカートの裾は外せるわ」

と言った。

「は？　どういう意味でしょうか」

「いいから、行きなさい――気にしてないから」

「そうですか、それでは」

千条はその場から去っていく。

「…………」

奈緒瀬は落ちてくる雨粒を頬で受けとめるように、空を見上げて、また吐息をついた。

雨天の空はとても暗い。

＊

地下から地上へと救助された伊佐は、担架で救急

車へと運ばれていく。

　彼は、サングラスがどこかへ行ってしまったので、眼の上にはタオルが掛けられていた。

　そこに、やって来た千条が声を掛けた。

「やあ伊佐、具合はどうだい？」

「ああ――いや、まあ――」

　伊佐は投げやり気味に言った。

「生命に別状は、特にないらしい」

「そうか、それは何よりだね」

「おまえは、どうやらスイッチが入っていたようだな――被害を食い止められた」

「君を放置した形になったけど、君もそれには反対しないだろう？」

「まあ、そうだな。よくやってくれたよ」

　伊佐は、別に嫌味っぽくもなく普通に言った。それから千条の方に、眼を隠された顔を向けて、

「おまえは――俺たちをどう思う？」

　と訊いた。

「なんのことだい？」

「おまえは、人間であって、人間ではない――その論理だけの思考からしたら、俺たちはどんな風に見えているのか――」

　伊佐は言いかけて、それから少し咳き込んだ。血のねっとりした感触がまだ、その息に混じっていた。

「ああ、無理しないで！」

　救急隊員に注意された。伊佐はうなずいて、それでも千条に、

「いや――あとでいい」

　とだけ言った。

　千条はそんな伊佐を見つめていたが、やがてぽつりと呟くように、

「君は――地下で何かを見たのかい」

　と訊いてきた。伊佐はやや掠れた声で、

「それも、あとで解説してやる――」

　と言って、それから口の中で、かすかに、

「……できるものなら、な――」

と呟き、そのまま運ばれていく。

周辺のざわめきを切り裂くようなサイレン音が鳴り響き、濡れた路面の上を救急車は滑るように走り出していった。

彼方《かなた》で、また雷がひとつ落ちて、辺りの空気が痺れるように、わずかに振動した。

"Spectral Speculation of Soul-Drop" closed.

あとがき――天使を憐《あわ》れむ歌

あなたにも、とてもとても好きだったのだが、いつのまにかそれほどでもなくなってしまったものというのがひとつやふたつはあるだろう。生命の次ぐらいにはそれを大切だと考えていたはずなのに、飽きたという自覚もそれほどないうちに、気がついたら、なんかどうでもよくなっていたというような――下手をしたら、自分はほんとうは最初からそんなものは全然好きじゃなかったのだろうなどと言い聞かせたりもして、でも胸の奥にはなんか〝熱かった〟という感触だけがあって、しかしそれを前にすると、やっぱり何が好きだったのか自信がなくなるというか――そういう喪失が。そのときに心の中では何が起こっているのだろうか。たとえば成長の一段階で、もうそれは可能になったから、興味を持っていても意味がないというような打算だけがあるのか、これ以上好きでいても、さらなる成長のためには単なる障碍《しょうがい》にしかならないから、むしろ積極的に切り捨てるのか――ただがその成長というのは、何に向かってのものなのか。心の中にあったはずの宝を、ただのガラクタに変えてしまうことと引き替えにしても得るだけの価値があるものなのか。

ところで僕にも当然こういう経験があるわけだが、たとえばそれは、昔えらく気に入っていたはずの歌を数年ぶりに聴いてみたりすると「……あれ？」と思ってしまうときなどである。その曲にえらく心を揺さぶられたはずだったのに、今になって聴いてみても、それが何だったのか全然思い出せないのである。まあ、そんなに悪い曲というわけでもないし、どこそこのジャンルの、こういう位置づけの曲で重要、みたいな理屈っぽい理解なんかはすぐにできるのに、ただ——何が熱かったのか、それだけがわからず、そしてきっと、その音楽は僕にとっては終わってしまったものなのだろう。ナツメロといって昔の曲を聴いて涙を流したりするのは、その曲が名曲ということよりも「かつては熱かった」ということを再確認しているだけのような気もする。その音楽を最も必要として、最も欲していたときのことは、もう遠い——曲を聴いても、そこにはどこか追悼の念のようなものが漂っている、のかも知れない。

聖書における、アダムとイブの楽園追放というのは、宗教的にどうのこうのという以前に、あれは普遍的な人間の精神的な遍歴を表しているという考えがある。知らなくてもいいことを知らない、無垢《むく》で無邪気な間は天使も同然で、そのときしか楽園にいることはできない——余計なことを知ってしまった後では、もう天使としての資格を喪《うしな》ってしまうのだというのは、確かに——大いに思い当たる。人はなぜ強くなりたいと思うのか、それは何かに負けて自分が弱いということを知ってしまったからだという——負けたり挫折したりしたことのない天使は、そもそも誰よりも強くあれとか、何よりも優秀にとか、人並みでもいいから確実なモノが欲しいとか、そういう発想そのものを持つ必要がなく、しかしもちろん、我々は色々と足掻《あが》かずにはいられないわけで、僕らは等しく、心の中にいたはずの天使を喪っている。

だが、しかし——天使のままで居続ければ、それが一番良いのかというと、どうも——そういうことでもないような気もする。それがどんなに純粋で美しいものであっても、おそらくは寂しいということがどういうことかさえわからない、機械のような天使は、我々のささやかな喜びというものさえ理解できないだろう。歌を聴いても、それのどこが素晴らしく、心を揺さぶるのかすら——いや、そもそも揺さぶられるものを持たないから、それは美しいのだろうから。

僕らは揺れ動く——つらいと思ったり、うんざりしたり、逆に楽しいと感じたりしているが、だからこそとっくの昔に「これは実はつまんないものだったのかな」と捨て去ってしまった懐かしいだけのはずの歌を、ふと聴き直してみたら、どういう訳かかつての熱さとは全然無関係に、新たに——こみあげてくるものがある、ということもあり得るのだろう。そのときに不滅なのは、その歌なのか、我々の心の方なのか。いずれにせよそれは、天使などではない、人間でしかあり得ない、我々の仕事なのだろうと思う。ふらふらとさまよい歩くように、一歩一歩、そうやって——どこかに辿り着けると信じながら。

（ややこしいこと言ってるみたいですが、実はただの〝愚痴《ぐち》〟です。すいません）

（そんなら書くなよ……）

BGM "Little Wing" By CHAKA KHAN & KENNY OLSON (Tribute to Jimi Hendrix)

上遠野浩平　著作リスト（2004年8月現在）

1ブギーポップは笑わない　電撃文庫（メディアワークス　1998年2月）
2ブギーポップ・リターンズVSイマジネーター　PART1　電撃文庫（メディアワークス　1998年8月）
3ブギーポップ・リターンズVSイマジネーター　PART2　電撃文庫（メディアワークス　1998年8月）
4ブギーポップ・イン・ザ・ミラー「パンドラ」　電撃文庫（メディアワークス　1998年12月）
5ブギーポップ・オーバードライブ　歪曲王　電撃文庫（メディアワークス　1999年2月）
6夜明けのブギーポップ　電撃文庫（メディアワークス　1999年5月）
7ブギーポップ・ミッシング　ペパーミントの魔術師　電撃文庫（メディアワークス　1999年8月）
8ブギーポップ・カウントダウン　エンブリオ浸蝕　電撃文庫（メディアワークス　1999年12月）
9ブギーポップ・ウィキッド　エンブリオ炎生　電撃文庫（メディアワークス　2000年2月）
10殺竜事件　講談社ノベルス（講談社　2000年6月）
11ぼくらは虚空に夜を視る　徳間デュアル文庫（徳間書店　2000年8月）
12冥王と獣のダンス　電撃文庫（メディアワークス　2000年8月）
13ブギーポップ・パラドックス　ハートレス・レッド　電撃文庫（メディアワークス　2001年2月）
14紫骸城事件　講談社ノベルス（講談社　2001年6月）

15わたしは虚夢を月に聴く　徳間デュアル文庫（徳間書店　2001年8月）
16ブギーポップ・アンバランス　ホーリィ&ゴースト　電撃文庫（メディアワークス　2001年9月）
17ビートのディシプリン　SIDE1　電撃文庫（メディアワークス　2002年3月）
18あなたは虚人と星に舞う　徳間デュアル文庫（徳間書店　2002年9月）
19海賊島事件　講談社ノベルス（講談社　2002年12月）
20ブギーポップ・スタッカート　ジンクス・ショップへようこそ　電撃文庫（メディアワークス　2003年3月）
21しずるさんと偏屈な死者たち　富士見ミステリー文庫（富士見書房　2003年6月）
22ビートのディシプリン　SIDE2　電撃文庫（メディアワークス　2003年8月）
23機械仕掛けの蛇奇使い　電撃文庫（メディアワークス　2004年4月）
24ソウルドロップの幽体研究　祥伝社ノン・ノベル（祥伝社　2004年8月）

ノン・ノベル百字書評

キリトリ線

なぜ本書をお買いになりましたか（新聞、雑誌名を記入するか、あるいは○をつけてください）

- □（　　　　　　　　　　　　）の広告を見て
- □（　　　　　　　　　　　　）の書評を見て
- □ 知人のすすめで
- □ タイトルに惹かれて
- □ カバーがよかったから
- □ 内容が面白そうだから
- □ 好きな作家だから
- □ 好きな分野の本だから

いつもどんな本を好んで読まれますか（あてはまるものに○をつけてください）

●**小説**　推理　伝奇　アクション　官能　冒険　ユーモア　時代・歴史　恋愛　ホラー　その他（具体的に　　　　　　　　）

●**小説以外**　エッセイ　手記　実用書　評伝　ビジネス書　歴史読物　ルポ　その他（具体的に　　　　　　　　）

その他この本についてご意見がありましたらお書きください

最近、印象に残った本をお書きください		ノン・ノベルで読みたい作家をお書きください	

1カ月に何冊本を読みますか	冊	1カ月に本代をいくら使いますか	円	よく読む雑誌は何ですか	

住所					
氏名		職業		年齢	
Eメール	※携帯には配信できません	祥伝社の新刊情報等のメール配信を希望する・しない			

あなたにお願い

この本をお読みになって、どんな感想をお持ちでしょうか。

この「百字書評」とアンケートを私までいただけたらありがたく存じます。今後の企画の参考にさせていただきます。

あなたの「百字書評」は新聞・雑誌などを通じて紹介させていただくことがあります。そして、その場合はお礼として、特製図書カードを差しあげます。

前ページの原稿用紙に書評をお書きのうえ、このページを切り取り、左記へお送りください。電子メールでもお受けいたします。

なお、メールの場合は書名を明記してください。

〒一〇一―八七〇一
東京都千代田区神田神保町三―六―五
九段尚学ビル　祥伝社
NON　NOVEL編集長　辻　浩明
☎〇三（三二六五）二〇八〇
nonnovel@shodensha.co.jp

NON NOVEL

「ノン・ノベル」創刊にあたって

「ノン・ブック」が生まれてから二年一カ月、ここに姉妹シリーズ「ノン・ノベル」を世に問います。

「ノン・ブック」は既成の価値に〝否定《ノン》〟を発し、人間の明日をささえる新しい喜びを模索するノンフィクションのシリーズです。

「ノン・ノベル」もまた、小説《フィクション》を通して、新しい価値を探っていきたい。小説の〝おもしろさ〟とは、世の動きにつれてつねに変化し、新しく発見されてゆくものだと思います。

わが「ノン・ノベル」は、この新しい〝おもしろさ〟発見の営みに全力を傾けます。

ぜひ、あなたのご感想、ご批判をお寄せください。

昭和四十八年一月十五日

NON・NOVEL編集部

NON・NOVEL—785

長編新伝奇小説　ソウルドロップの幽体研究《ゆうたいけんきゅう》

平成16年 8 月 30 日　初版第 1 刷発行

著　者　上《か》遠《ど》野《の》浩《こう》平《へい》

発行者　深　澤　健　一

発行所　祥《しょう》　伝《でん》　社《しゃ》

〒101—8701
東京都千代田区神田神保町 3-6-5
☎03(3265)2081(販売部)
☎03(3265)2080(編集部)
☎03(3265)3622(業務部)

印　刷　堀　内　印　刷

製　本　関　川　製　本

ISBN4-396-20785-9 C0293

Printed in Japan

祥伝社のホームページ・http://www.shodensha.co.jp/